洛阳那城事儿

解构历史 穿越现实

马旭东 著

壹

華藝出版社
HUA YI PUBLISHING HOUSE

图书在版编目（CIP）数据

洛阳那城事儿·第一部·先秦篇 / 马旭东著.—北京：
华艺出版社，2012.6
ISBN 978 - 7 - 80252 - 369 - 2

Ⅰ.①洛…　Ⅱ.①马…　Ⅲ.①洛阳市—地方史—先秦
时代—通俗读物　Ⅳ.①K296.13-49

中国版本图书馆CIP数据核字（2012）第105875号

洛阳那城事儿·第一部·先秦篇

作　　者：马旭东
出 版 人：石永奇
总 策 划：马世领
责任编辑：宋福江
装帧设计：水晶方设计工作室
出版发行：华艺出版社
社　　址：北京北四环中路229号海泰大厦10层
邮　　编：100083
电　　话：010 - 82885151 - 222；82885023
E - mail：fujiang_song18@sina.com
印　　刷：北京兴华印刷厂印刷
开　　本：710 × 1000mm　1/16
字　　数：150千字
印　　张：12.25
印　　数：10000册
版　　次：2012年6月第1版第1次印刷
书　　号：ISBN 978 - 7 - 80252 - 369 - 2
定　　价：28.00元

序言一

刘胄人

朋友辗转给我一部《洛阳那城事儿》的书稿，说希望我能写篇序言。说实在的，我与作者素不相识，也不是研究洛阳的专家，对洛阳的历史了解不多，出于学术的严谨，我开始婉言拒绝。

但朋友坚持说，这不是严格的学术研究，而是关于一个城市的历史故事，尽管都建立在历史知识资料的基础上，但文风完全是面对普通大众读者的，或可以叫戏说。你就作为一个读者，不妨先翻一翻，如果能读下来，感觉还值得说上两句话，就写上两句。

禁不住朋友的劝请，我试着翻开了这部书稿。

但没有想到的是，随着作者的嬉笑怒骂，娓娓道来，我竟然一口气读完了这本书。我首先不得不承认，作者写得很可读，文笔很轻松，情节很吸引人，像文学小说一样，把洛阳城的老故事讲了出来。

作者选择洛阳来写，而不是别的城市，本身就很有眼光。程思远老先生曾说过："炎黄子孙，根在河洛"。我们常说的中华文明五千年，洛阳作为文明的中心，就占据了三千年的历史，更不要说，当时所谓的华夏九州的地理中心，也在洛阳了。即使对中国历史影响极大，可谓是当时世界上最强盛的西汉、唐、北宋王朝，并没有定都洛阳，但洛阳的地位和当时的首都相比，几乎是难分伯仲，类似于今天中国的上海之于北京，美国的纽约之于华盛顿。因此，洛阳几乎就等同于一个微缩版的中国，写洛阳，表面上是写了一个城市，实际上恰是从一个极具代表性的城市写出了中国。

被马克思称为"英国唯物主义和整个现代实验科学的真正始祖"——英国哲学家弗兰西斯·培根说："读史使人明智，读诗使人聪慧，数学使人精密，哲理使人深刻，伦理学使人有修养，逻辑修辞使人善辩"。培根把"读史"放在第一位，可见历史的重要性。但今天的年轻人，似乎都不大重视历史。列宁说过："忘记历史，就意味着背叛"。史学专家也说："读史可以知未来"。如果不知道历史，不尊重历史，不仅我们很难知道我们从哪里来，更难以知道我们会到哪里去。

年轻人不重视历史，不喜爱读史，在我看来，一方面是我们的教育问题，一方面也与我们出版的有关历史书籍本身，不大适合年轻人阅读不无关系。近年来出现了一系列关于普及历史的讲座和读物，吸引了一大批年轻人追捧，这是一个积极的动向。

或许正是在这样的背景下，《洛阳那城事儿》"应运而生"，它的出版，相信会对年轻的读者，尤其是不重视或不喜欢历史的读者，可能有一个积极的促进。

《洛阳那城事儿》另一个别出心裁的地方是，作者选择了从一个城市入手，将一个洛阳城作为一个相对稳定的历史舞台，写了在这个舞台上不断上演的朝代更迭，还有来来往往的“演员”，以及他们的故事。写人物、写朝代的历史故事书很多，但据我所知，到目前为止，还没有看到过这样以一个城市为载体而写历史故事的。因此，放在小处而言，这部书，也可以看成是洛阳城的一个故事版的地方志。

听说日本的历史学界，2010年专门为研究洛阳而成立了一门交叉学科——“洛阳学”，这也是日本惟一为日本之外的一个城市设立的一门学科。这或许也佐证了洛阳的历史价值不仅对于中国，对于日本乃至东亚的历史，也相当的重要。如果从学术研究的角度看这部书，显然不足论，但我想，对于洛阳学的推广，还有洛阳学的普及，或许是一种补充。或可以说，如果“洛阳学”作为一门学科，是阳春白雪式的严肃的学术研究，《洛阳那城事儿》则算是一种下里巴人式的大众版的“学洛阳”吧。

（作者为中华文化发展促进会首届理事、《新周刊》总编辑、著名书画家）

序言二

少一点遗憾，多一点文化

张　辉

因为生在洛阳，长在洛阳，偶然机缘，同行朋友推荐我为这本写洛阳城老故事的书说点什么。没有看到书的时候，不明就里，酒后一口答应，想当然地认为这还不简单，老家的事儿还能难倒我？况且又是写老家的，故乡情结也让我有点不仅盛情难却，而且“愿乐欲往”。

但看完书稿后，我着实有些大呼上当。没想到，此书显然不仅仅是讲述洛阳城的故事，故事只是由头，而故事背后的文化才是这本书的真正厚度。初步印象可以感觉到，作者如果不是遍访了诸多洛阳古迹，如果不是遍阅诸多洛阳图书，如果不是沉潜洛阳当地多年，如果不是真心热爱洛阳文化，甚至如果不是对中国大历史，洛阳考古学，汉字文化学等相关内容有所涉猎的话，或者对中国当代社会现实和文化置若罔闻的话，这本书万万是写不出来的。

说实在的，我虽然考上大学后才离开生我养我的洛阳，但我们那个时代，几乎处于对历史隔绝甚至拒绝历史的特殊时期，因此，尽管客观环境上泡在洛阳的文化遗迹之中，说实在的，书中提到的诸多内容，对我而言还是让我以一种崭新的眼光重新回望我的故乡，曾经亲切的洛阳，因此而增添了更多的敬畏。在这种情况下，我对我失口答应写序的承诺有些犹豫了。因为我担心，我浅薄的笔锋，难以承载洛阳历史的厚重，难以承载中华文化的艰深，难以承载作者对我能否与之心灵相通的厚望。

经过和朋友与作者沟通，果然不出我的预料，作者在洛阳求学四年之际，游遍洛阳，读遍洛阳，现在发愿写遍洛阳。作者甚至感慨，他现在最大的苦恼就是，关于洛阳的图书太少了，太难看到了。洛阳的历史太值得挖掘了，洛阳的文化太需要发现了。中华文化如果撇开洛阳历史，就没有中华文化了。朋友说，就冲着这点，你也要写点什么，不是为了我，不是为了作者，不是为了这本书，而是为了拯救洛阳历史，保护洛阳文物，弘扬中华文化，别让我们数典忘祖，踩着祖宗的头颅，踏着祖宗的坟墓，拆着祖宗的老宅，说我们这些不肖子孙怎么这么没文化。

《资治通鉴》作者司马光，以回望3000年中华历史的深邃视力，看到了洛阳成住坏空的生死轮回，不禁发出了“欲问古今兴废事，请君只看洛阳城”的无限感慨。可是当我们再从今天回望2000年到他那里的时候，这句话竟然依然如谶语一般，成为一种似乎颠扑不破的历史逻辑。

在这种宿命般的逻辑当中，最为遗憾的莫过于，如果一个城市因为战争的原因，被迫地被破坏还不算是真正的悲剧的话，那么，当一个城市进入一个和平年代，国家逐渐复兴的时期，却因为对历史的无知，甚至对历史的背叛，而人为主动地破坏其历史遗迹，并且美其名曰“城市现代化建设”，则才是真正的悲剧。而这种悲剧性适用于当下中国所有的城市。因为，我们的今天从来就不是无中生有，正如我们每个人都是靠母乳长大的一样。

如果说不可再生资源是我们赖以可持续发展的物质要素，历史古迹与文物也是不可再生资源，这种作为历史与文化的载体和符号，恰恰是我们赖以可称之为中华民族而非其他任何一个民族的精神要素。一个民族可以承受暂时的物质穷困，但如果失去了灵魂，消亡了精神，则无异于行尸走肉。

如果这也算是序言，就权当是为序吧。

（作者为人民日报社记者）

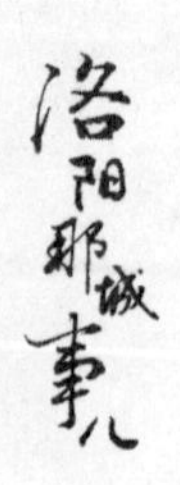

序言三

让洛阳“文化”也甲天下

尚英照

受朋友之托，收到一本行将出版的《洛阳那城事儿》书稿。朋友说我在洛阳工作多年，对洛阳当有很深的感情和了解，希望能为本书写篇序言。但我自感才不及人，有些勉为其难。

待翻开书稿，其简明的文风，诙谐的笔调，广博的信息，钩沉历史，游刃文化，评弹现实，让我几乎是一气读完，读后倍感爱不释手，难以掩卷。作者把发生在洛阳这个历史舞台的先秦人物和事件，洛阳的建立、兴盛、衰落和废弃的跌宕起伏，用评书故事一样的笔触，讲得深入浅出，活灵活现，跃然纸上。我直觉地感到，这本书不仅对有较深文化背景的读者理解中国文化会有帮助，也对普通读者了解中国历史知识会有普及性的价值。这是一本难得的传播

“河洛文化”的好读物，好教材。受此吸引与打动，我也想说两句这本书，还有洛阳的历史文化给我的启发。

几乎人人都知道“洛阳牡丹甲天下”，但放在今天国家大力倡导“文化兴国”战略的新时期，作为曾经在洛阳工作了多年的我，对洛阳的历史文化了解了更多之后，再放眼全国各大城市的历史，我不得不自豪地要说：“洛阳历史甲天下！”

在史学家看来，这一点似乎也无可争议。泱泱中华五千年，洛阳作为政治经济中心的时间链长度就达3000年，其中又有一半即1500年的定都历史，存续过15个朝代，建立过22个政权，出现了105位帝王，被称为“建都时间最早、历经朝代最多、定都时间最长”的中国古都，也是历史上唯一被称为“神都”的城市。

今天，沿着洛河自东向西，依次分布着夏都斟鄩、商都西亳、汉魏故城、隋唐洛阳城和周王城五大都城遗址，被史学界称为“五都荟洛”。无怪乎，《资治通鉴》作者、宋朝宰相司马光早在一千年前就惊呼：“欲问古今兴废事，请君只看洛阳城”。

我曾经担任过洛阳市下辖的偃师市委书记数年，对此更是深有体会。1983年，中国社科院在洛阳偃师尸乡沟、大槐树、塔庄一带进行了考古发掘，发现了商城遗址。据碳14测定的绝对年代，属商朝早期的城池。洛阳偃师尸乡的商文化遗址，就是商都西亳的所在地，由此揭开了西亳的秘密，结束了数千年来关于西亳的历史疑案，这在当时是国内外史学界的一项重大发现。

群经之首《易经》的源头“河图洛书”源于此。白马寺是佛教传入我国后兴办的第一座官办寺院。龙门石窟是世界上最大的皇家石刻艺术宝库。魏碑书法的故乡就在洛阳。关林是国内唯一冢、庙、林三祀合一的古建筑遗存。北部邙山遗存有东周以来诸朝皇陵为主的中国最大的古墓葬群和世界上第一座古墓博物馆。可以说，洛阳创造并发生了中国历史上诸多第一。而这些“第一”，对东亚、亚洲乃至世界都产生了“元文化”意义的影响。也难怪日本学界会破天荒地选择洛阳作为日本本土之外的惟一城市而设立一门学科“洛阳学”。

当代辞赋家潘承祥《咏洛赋》中云：河图洛书，人文之祖，世界鲜有；五都荟洛，遗址之汇，举世罕见。三学道佛理，昌盛乎斯；四大发明物，尽源于是。周易八卦，深蔚宏放，在此发祥；洛阳太学，世界之最，无与伦比。老子面壁十年，《道德经》彪炳千秋；孔子问礼至此，《礼乐书》光耀万代。三班修成《汉书》，千古绝唱；虞初编辑《周说》，不朽之作。君实《资治通鉴》，为官之必读、政坛之圣经；许慎《说文解字》，传世之佳作、诠释之蓝本。陈寿呕心沥血，《三国志》遂成，是谓鸿篇；欧阳标新立异，《新唐书》立就，堪称巨制。左思《三都赋》蜚声之噪，曾使“洛阳纸贵”；班固《二都赋》弛誉之满，居然“京城传诵”；张衡《两京赋》名闻之赫，竟然“朝野震撼”。魏晋风流，子建写美《洛神赋》；隋唐石窟，诗仙赋彩舞丝簧。操、丕、植三父子，建安三雄也；程颢、程颐二兄弟，理学二儒也。建安七子，誉播文坛；竹林七贤，荣嗓魏晋。一似江河万古流，涛声依旧处处闻。平原赤，英雄热血染沃土；勇士厉，先辈浩气贯长虹。更有煌煌策论，精精奇谋。浑天仪，观测天象，早欧洲一千年；地动仪，测量地震，先洋人八百载。尚有金谷二十四友，闻吭天下，流芳百年，煊赫一时，勋垂后世者尔也。

“汉魏文章半洛阳”，“洛阳纸贵怨诗都”，“千年文都在洛阳”。古典文学诗词中涉及到“洛阳”的名称（包括古称和别称）、历史和故事的，恐怕是中国所有城市里最多的。洛阳的历史之深厚，文化之博渊，使洛阳列居“不二之城”。

这些都是大家公认而令洛阳自豪的历史文化资源，但反观现实，我们又不得不承认，洛阳当下文化事业的发展程度和其丰厚的历史文化资源相比，远远是不相称的。

2011年底召开的中共中央十七届六中全会的主题，再次突出强调了“文化兴国”的战略。2012年全国两会上，不少的人大代表和政协委员也多次建言献策如何落实“文化兴国”战略。

对洛阳而言，《洛阳那城事儿》系列图书的出版，不仅仅是挖掘洛阳的历史文化，也不仅仅是“文化兴市”的一种民间力量，而且更是在传播“洛学”方面将起到推波助澜的作用，因为洛阳在大中华历史文化总格局背景中的特殊地位，客观上也是“文化兴国”战略的一种具体实践。它将激励我们在以后的工作中都要以史为鉴、与时俱进。我衷心希望洛阳的“文化”在未来也能甲天下。

作为热爱洛阳和洛阳学的一个分子，祝贺此书的出版，也希望更多的读者通过此书更多地了解洛阳，了解中国，了解华夏。

（作者为洛阳市人民政府副市长）

目录
contents

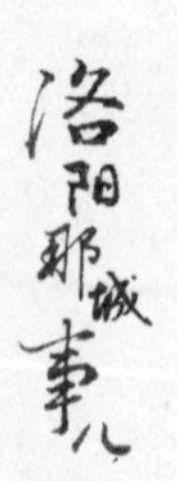

章一 河出图

河出图，洛出书，圣人则之。

——《周易》

1 龙马负图 伏羲画卦

话说巨人盘古一手托天，两脚踏地，就那样不吃不喝、不眠不休、一动不动地坚持了一万八千年，终于扛不住，饿死了。巨人盘古庞大的身躯轰然倒地，他一身都是宝，他的双眼变成日月，须发变成星辰，他的四肢躯干变成了四极五岳、九州大陆。

从《禹贡九州山川之图》可以看出，豫州正处于九州中心偏东的位置，也正是巨人盘古心脏所在的位置。

根据汉代汉字密码破解大师许慎许老先生的破译，豫是形声字，从予从象，予是声旁，象是形旁。予的意思是手拔，豫这个字可以看作是一只手牵着一头大象。这样的话，单从这个字可以看出两层含义：第一，几千年以前的河南地区气候炎热湿润，是大象的活动区域，这一点已经被考古挖掘的象骨化石所证实，河南郑州博物馆有古象动物化石展出；第二，古河南人民已经掌握了驯象的本领。

而在豫州的中心区域，有两条相互交叉的河流缓缓流过。从许老先生破译来看，洛水的洛字，从水从各，“各”正是十字交叉的意思，“洛”字正是十字交叉的水道。因此可以判定，豫州中心两水交叉的区域正是洛水流域，山南水北为之阳，洛水的北岸就是我们所知的洛阳。

今人研究说，那个时代是充满神话的时代，我理解为是一个人、神、兽混居却并非相安的时代。人与兽、人与神、神与兽之间有联系又有矛盾。神多居于天上以及其他许多人们看不见的地方，他们掌管着风雨雷电、天道规律，自以为高高在上、不可一世。我们人类却凭借自己的智慧不断地探索天道规律，窥测自然的秘密。

那一天，我们人类的首位智者伏羲先生抑郁了，他本以为，凭借自己一百八十九点五的智商，发现自然的秘密已经不是问题，可谁知那最后的一丝灵光，始终朦朦胧胧模糊不清地隐现在他的脑海里，让他欲罢不能，欲得亦不能。抑郁的智者，拍着自己大如斗的脑袋，浑浑噩噩地走着，嘴里喃呢着：“这是为什么呢？”任凭朝露打湿了衣裳，任凭荆棘划破了脸颊，不觉间来到了洛水河畔的孟津地区。

伏羲蹲在河边，用洛河水洗了一把一个月都没有洗的脸，在衣襟上擦了擦手，顿觉清爽了许多，然后坐在一棵苹果树下，他瞪着血红的双眼看着洛水，叹了口气，道：“洛水啊洛水，你能告诉我答案吗？”然后又傻笑了一下，道：“我真傻，真的，你一条河怎么可能知道我在想什么呢？”

就在这时，见证奇迹的时刻到了。一个苹果从树上掉了下来，砸在了伏羲的头上，伏羲正准备研究苹果为什么会掉下来（伏羲的疏忽就让后人牛顿捡了个大便宜），只听“希律律律——”一声长鸣，伴随着大片的水珠，从洛水里奔出一匹龙马来。那匹龙马浑身散发着金光，虽从水出，却浑身干爽，毛发飞扬——飘柔，就是这样自信——它回头看了一眼吓得蹲坐在地上的伏羲，眼神里露出了一丝柔柔的笑意，奔入林中不见了。

那一刻，伏羲也笑了，不是微笑，而是大笑，狂笑，豪笑，手舞足蹈，以头抢地，大喊道：“我懂了，我懂了，哈哈哈——”笑声响彻寰宇，又戛然而止。

因为，伏羲已经趴在地上仔细地画着刚才他从龙马背上看到的那幅图——河图，并推衍出包含了自然万象的另一幅图——八卦。

龙马负图出，伏羲画卦成，中华的文化之源就这样在人与兽智慧的结合中诞生了。由此可见，兽还是和人比较亲近的。至今孟津仍有龙马负图寺存焉。

伊洛文明之源便在这样的喜剧中产生了。

2 洛神的 Love story

伏羲的小女儿宓（fú，即“伏”）妃（即洛嫔，小字嫦娥，也就是洛神），最喜欢洛水，常常濯足于夕阳洛水边，浣发于骄阳洛水畔。洛水流域的洛氏部落也喜欢极了智者的这位小女儿。他们联名恳求伏羲把这个小可爱留在洛氏部落里，伏羲答应了。宓妃也没有令洛氏部落的族人失望，她把从父亲那里耳濡目染学来的结网捕鱼、狩猎圈养、放牧耕作的技术都教给了族人。

有一天，宓妃坐在洛水石旁的夕阳微风里，她被洛水的美丽感动了，她情不自禁地拿出自己的五弦琴，为洛水的美景弹奏一曲。而这美丽的一幕正被一双淫邪的眼睛捕捉到了，那个人就是黄河的河伯。河伯是黄河的神，他觊觎宓妃的花容月貌，便化为一条白龙，把宓妃掳走了。

“宓妃被河伯掳走了。”这件事一夜之间就传遍了整个洛氏部落，大家议论纷纷，痛心疾首却无可奈何。

这时，洛氏部落里一个年轻小伙儿后羿不干了。他已经暗恋宓妃好久了，心里却有些自卑，总觉得配不上自己心目中的女神。他为了让自己能够保护自己心中的女神，就一直以自己的先人曾射落九轮太阳的大羿为偶像，不断地练习自己的箭法。

俗话说：爱情的力量是伟大的，偶像的力量也是伟大的。在这双重力量的支持下，后羿的箭法一日千里，终于也达到了射日的程度。有一天，他悄悄地跑到十日国射死了九只金乌太阳，觉得自己的箭法大成，可以向宓妃求婚了，可谁知，自己的爱人竟然被河伯那个小人掳走了。后羿的火气不打一处来，冲动之下，差一点把最后的一轮太阳也射落了，幸亏大家伙儿死乞白赖地拉住了他。所以说冲动是魔鬼。

后羿决定救回自己心中的女神。他带着自己的神箭悄悄地潜入黄河，射杀了看门人，救出了宓妃。在逃亡的路上，后羿向宓妃表白了深藏心中多年的爱意，宓妃答应了他。

后羿太激动了，原地转了三圈还不足以表达自己的激动之情，正瞅见河伯远远地窥测，便拉弓射箭，一箭就射瞎了河伯的左眼，这才稍稍平复激动之情。而这一箭却令河伯心有余悸，从此有了心理阴影，还为此怀恨在心。他不敢招惹后羿，便向自己的老板天神告状。

天神一看见后羿，大惊曰：这不是杀死自己太阳儿子的凶手吗？真是得来全不费工夫。不过天神转念一想，觉得自己公司正是缺人的时候，多一个人才总比十个吃干饭的庸才要好，就决定封后羿为司管冥府万鬼的宗布神。看宓妃容貌已经盖过了自己的七个女儿，心中羡慕又嫉妒，但又不能抢下属的女人，只好封宓妃为洛神。

河伯怀恨不能发，只有趁着后羿不在的时候发发大水，淹没一些村庄和田地，看见后羿前来又赶紧落荒而逃，一直延续至今。

洛神确实容貌非凡，在今天沿洛河的洛浦公园里有一尊洛神的汉白玉像，是我见过的最美丽的塑像，当真是如七步成诗的大才子曹植曹子建在其《洛神赋》中所说的那样："翩若惊鸿，婉若游龙，荣曜秋菊，华茂春松"。一雕像若此，何况真人乎？

章二　黄帝时期的大发明

谁家玉笛暗飞声，散入春风满洛城。

此夜曲中闻折柳，何人不起故园情。

——唐·李白《春夜洛城闻笛》

 凤凰帮伶伦创造十二音律

伏羲是一位好同志，他把自己有限的一生都投入到了无限的为人民服务中去。而他的继承者轩辕黄帝，是一位既为人民服务也为自己服务的好同志，他的座右铭是：对他人要好，对自己更要好。

伏羲同志在世的时候，总是忙忙碌碌，他的员工们也随着他高负荷地工作，那时候很多人短命，都是被累死的。伏羲同志为了让大家干活不累，不仅男女搭配，还斫桐为琴，绠桑为瑟，发明了琴和瑟这两种乐器，以便工作之余开办演唱会给员工放松神经。

而轩辕黄帝集团比较大，手里钱多，手下人才也多，用不着事事都自己劳碌奔波，轩辕黄帝常给自己的秘书说：不会充分利用员工长处的老板不是好老板。秘书佩服得五体投地。轩辕黄帝自己没事就在家里或者公司里开办派对演唱会什么的，既不耽误国家大事，又放松了自己，娱乐了大家。

不过，对于轩辕黄帝这种追求刺激的人，听一次琴瑟合奏，那叫新鲜，听两次那叫顺耳，听三次叫习惯，听百次千次，那就恶心腻歪了。尤其是二十七弦的瑟，声如哀怨，总是和喜乐的气氛不搭调，轩辕黄帝就去了两根弦，把瑟变成了二十五根弦，好听多了，可还是经不住重复。

于是，轩辕黄帝把自己的乐师伶伦召来，说："我给你下达一个死任务，我给你批一批经费，你必须在三年之内，给我创造出一种乐器来。完成任务，你留下，还有奖励，要是完不成任务，你就卷铺盖回家。听清楚了吧？"伶伦拍拍胸脯说："保证完成任务。"

伶伦虽拍了胸脯立了保证，那是为了保住饭碗，做给老板看的，其实心里一点谱都没有。回到家，便对着琴瑟开始长吁短叹。

他老婆知道后，对他说："老公，你知道这个世界上最美丽的声音是什么吗？"伶伦道："难道不是音乐吗？"伶伦妻道："是音乐没错，可我们人类的力量是有限的，你以为单单一琴一瑟就能奏出所有的声音了吗？你听过最美的声音是什么？我听过的最美的声音都来自于大自然，风的呜咽，竹的清泠，雨的滴沥，鸟的幽鸣，都令我陶醉痴迷。"伶伦道："老婆，你说的太好了，你是怎么发现的？"伶伦妻："别忘了，我也是音乐专业的，你整天忙得不着家，我只好听自然之声打发时光。"伶伦道："老婆真是辛苦了，可我也是为了这个家啊！唉，不说了，等完成这个任务，我们就有钱了，那时候我们一起去旅游，好不好？”伶伦妻：“这可是你说的噢，到时候别又像以前一样，加班加点没时间。”伶伦道：“这次保证不会了，要真是那样，我完成这项任务就辞职，好吧？那你告诉我，你在哪里听到那些优美的自然之声啊？”伶伦妻：“离咱家不远的嶰（xiè）溪谷，那里有一片竹林。”伶伦就去了嶰溪谷。

嶰溪谷就在洛宁（今河南省洛阳市洛宁县）的竹林里，这里有各种竹子，尤以淡竹为最。青翠欲滴，清幽雅致，微风过处，传来泠泠幽响，令人不觉神往。伶伦被自然的声音迷醉了，他想：琴瑟为丝乐器，而竹子中空外直，风过留声，若是用来吹，能否有音呢？没有做不到，只有想不到，想到不去做，一切皆为零。伶伦灵光到处，便动手去做。他选中了竹节长、皮薄、疤节小、内腔圆滑的淡竹，砍了一批回家，开始钻研。经过九百九十九次的失败，终于通过在竹管上钻几个洞的方法可以把竹管吹响了。

吹响了不代表吹好听了。伶伦始终吹不出自然的美妙之音，而且极其难听，把村里人聒噪得天天往伶伦家里抛狗屎扔菜叶表示反抗，伶伦两鼻不闻窗外屎，一心只把乐来奏。村里的人实在忍受不了日夜折磨，不少人都搬家了。

这一天，轩辕黄帝骑马来伶伦家，想看他工作进展得如何。马刚走到村口，只听一阵怪异难听如拉屎放屁、滚雷驴叫之音传来，把轩辕黄帝的马吓了一跳，当场一个人立，把轩辕黄帝掀了下来。轩辕黄帝大怒，令手下去探探是什么情况，却没有人理他，回头一看，手下个个捂着耳朵，缩着全身滚在地上，更有几个体质弱的，俨然已经昏了过去。

当领导的就是不一样，能忍常人所不能忍。轩辕黄帝迎难而上，冒着晕厥的危险，来到伶伦家，才知道这种难听的声音，是伶伦要做的乐器。轩辕黄帝充分地发挥了一个优秀上司的素质，他没有责怪自己的员工，而是给予了极大的肯定和鼓励，安慰伶伦说："不错嘛，一根竹管钻几个孔就能发出声音，好好研究，一定大有前途。"然后飞奔逃走。

伶伦听到上司的鼓励，更加相信自己能成功。自信的人更容易成功。这一天，他听从妻子的建议，又一次来到嶰溪谷，想从自然之中寻找灵感。伶伦时不时地吹几声那难听的声音，搞得竹林中鸟儿纷纷逃命。

一对凤凰夫妇受不了了，心想这个人要是多来几次，我们不就成光杆司令了？不成，得把他弄走。凤凰不愧是百鸟之王，看伶伦的架势，就知道他不吹出好听的声音是不会走的。凤凰夫妇一合计，得，还是帮他一把，让他吹出好听的声音赶紧离开为妙。雄凤凰开始鸣叫，鸣声有六，雌凤凰接着雄凤凰的声音鸣叫，亦有六。可是伶伦不知是天生迟钝，还是被那难听的声音搞傻了，凤凰夫妇如是者九次，伶伦都没有听明白。还傻笑想：这一对傻鸟对着自己傻叫干什么呢？

凤凰夫妇再也忍不住了，便叫骂着，离开了自己的巢穴，离开了自己居住多年的家乡。伶伦毕竟是音乐科班出身，凤凰夫妇的骂声毕竟还是鸟语，是鸟语便为自然之声，这最后的鸟鸣，他终于听明白，激动地遥遥祭拜，可惜凤凰夫妇已经远去了……

伶伦回家，把听到的雄鸣者六和雌鸣者六整理出来，加以模仿和练习，创造出了音乐的十二律，即黄钟、大吕、太簇、夹钟、姑洗、仲吕、蕤宾 、林钟、夷则、南吕、无射、应钟。其中单数各律称律，双数各律称吕，故十二律也常称十二律吕。十二律亦用三分损益法求得，有了五音、七声、十二律，并有了音阶中以宫为主的观念。伶伦也成了我国竹乐器的鼻祖。

从此，音乐便源远流长。千百年后，孔夫子到洛阳留学，听见音乐家苌弘弹琴，长叹“余音绕梁，三月不知肉味”，而且差一点就改专业，玩音乐了。

再后来，著名政治家、阴谋家、音乐家管仲从鲁国逃命回齐国的时候，一路高歌，歌声陪伴着抬轿子的司机们，让司机们肾上腺素超量分泌，跑得比千里马还快，逃过了鲁国刺客骑马追杀，后来管仲陪同齐桓公到东北收拾孤竹国的时候，遇见一座高山，管仲令工兵开山凿路，开山的过程中，就运用了那次逃命的经验，创作了两首歌曲，歌名虽俗却直接，叫做“上山歌”和“下山歌”，工兵边唱歌边挖山，个个都跟打了鸡血吃了兴奋剂一般，不知疲倦，日夜不休，没几天便把山给凿通了，如有神助，老板齐桓公大叹神奇，管仲却说：“我只是略懂心理学而已，心理学中说：凡人劳其形者疲其神，悦其神者忘其形！”其实管仲是谦虚了，就这水平早就达到了音乐博士的水准。这一番话把齐桓公听得一愣一愣的，大为折服。

2 乌龟助仓颉创造汉字

伶伦发明了竹乐器之后，轩辕黄帝心情大爽，当场便开了一场大型的派对音乐会，来给伶伦庆功。庆功派对上，有员工说：“老板，咱们老伶开创了音乐界的先河，这是大事啊，应该记录下来，留给后人知道。”轩辕黄帝说：“不错。不过，现在我们的文字还不足以记录，要是结绳记事，后人只能看见一个绳疙瘩，不明了事情真相啊！”有员工道：“那就造字呗。乐器能造，字为什么就不能造？”轩辕黄帝一听，好主意，便把侯冈颉叫来，说：“阿颉，这个任务就交给你了，只许成功不许失败。”侯冈颉郁闷了，怎么开个派对还给自己找上个事儿了？

侯冈颉是我国历史上七个重瞳（即一只眼睛里有两个瞳孔）奇人中的第一个，但此时的重瞳只能作为自己失眠的理由了。在家里失眠了几天的侯冈颉，为了一家老小的生计，还是决定出门找找，看能不能碰碰运气，遇见个山妖狐仙什么的，给指点一下迷津，就够自己受用一辈子了，伶伦不就是受到了凤凰夫妇的指点吗？于是，就带着自己的宠物龟出门了。

这去哪儿呢？站在十字路口迷茫了半个小时，侯冈颉想：要不也去洛宁看看吧，毕竟老伶就是在那儿成功的，然后就去了。

事实证明，狗屎运不是每个人都能遇见的。阿颉转悠了大半天，除了竹子和一堆枯枝败叶以外，什么都没有遇见，那可恶的伶伦练习竹笛的时候，把竹林中的鸟兽都吓跑了，一身臭汗的阿颉来到洛河旁边，本打算洗个澡，可一试水太凉了，只好作罢，用河水洗了一把脸，坐在河边。阿颉把自己的宠物龟从口袋里掏出来，捧在手里，他一只瞳仁望着天，一只瞳仁看着宠物龟，喃喃地说：“阿龟啊，这做人真难，整天都有做不完的工作，受不完的累，一个不好还被炒了鱿鱼。哪像你们小龟啊，整天吃饱了就睡，睡饱了就吃，无所事事优哉游哉，爽极了。下辈子我也做龟去。”说完，就把宠物龟放在河边，让它自行散步。

小龟走得慢，爬呀爬呀爬呀，老半天还在原地打转，阿颉说：“你个小家伙儿，原地瞎转悠什么呢！”宠物龟停下自己奔腾的脚步，抬起头看着侯冈颉，又回头看看自己爬过的路，又摇了摇头。到了这种地步，侯冈颉再看不明白，就真该一头扎进洛河里淹死算了。阿颉是真看明白了。

宠物龟让侯冈颉看的是，自己爬过的痕迹和鸟兽的足迹交织在一起的乱七八糟的纹路。阿颉脑中灯泡一亮，想：人说话是为了表达自己的意思或者思想，文字又是为了显现或者记录人说过或者要说的话或者做过的事，那么文字不就是一种符号吗？一种可以显示和记录语言的符号而已。既然是一种符号，那完全可以由我说了算，阿龟和鸟兽的足迹交叉混合起来，就是一种符号，我把世界的万事万物和人类的语言，通过某种方式编码起来，再用这种不同的弯弯曲曲的符号表示，并且赋予不同的含义，这样文字不就创造出来了？

有了初步的思路，侯冈颉便拿着小棍儿开始在河边的泥土上写写画画，不眠不休整整写画了七天七夜，方才有了小成，自己的宠物龟却悄悄地逃到洛河里去了，谁又能想到这只小乌龟在几百年后又上演了一段影响中国万世的传奇呢？这是后话，后面再说。

侯冈颉创造出来的文字是从鸟兽的痕迹中来的灵感，所以称这种文字为“鸟迹文”。侯冈颉是一个大公无私的人，并不因为鸟迹文是他创造出来的就版权所有，盗版必究，鸟迹文是有几个秘诀的，主要以图画为主，还带有原始的象形的痕迹，带着这几个创字的秘诀和鸟迹文，侯冈颉去见轩辕黄帝。

可鸟迹文被创造出来之后，天上竟下起了谷雨，那可都是黄澄澄、金灿灿颗粒饱满的谷子啊，老百姓们个个都把家里的粮缸甚至锅碗瓢盆都盛满了谷子，家家户户因为有了粮食而笑逐颜开，在百姓们的欢声笑语中，侯冈颉却听见了另一种声音，鬼哭神泣的声音。天上为什么会下谷雨呢？侯冈颉是一个善于思考的人，难道是因为我创造的文字泄露了天机？也许文字一出，必有人会因此而造假欺骗后世，老天为防此种人危害百姓才施恩于民，下起了谷雨？也许文字一出，使得神鬼善恶昭彰，善行得显，喜极而泣，恶行无遁，惶恐而哭？

侯冈颉毕竟在官场混迹多年，最终还是留了个心眼，决定不把创字的秘诀公布于众，让少数人掌握这种技术。虽然侯冈颉没有把造字的秘诀公布于众，但是后世聪敏之辈却也根据鸟迹文的特征，造出一些常用又实用的字。而后世经过多年的积累，文字也渐渐演变成熟了，到了商朝有了系统成熟的文字——甲骨文，之后文字一直发展演变，但万变不离其宗，直到汉代的汉字密码破译大师许慎，终其一生研究，才把汉字创造的秘诀找了出来，总结为象形、指事、会意、转注、假借、形声等六书，成为一代汉字密码破译专家。虽然处于下层的平民没能得到创造汉字的秘诀，但是他们得到了实实在在的利益，民以食为天嘛，有什么能和吃饱肚子相提并论的呢？老百姓就把侯冈颉造出文字天上下起谷雨的这一天，规定为纪念日，就叫“谷雨”，成为重要的二十四节气之一。在鸟迹文的新闻发布会上，轩辕黄帝亲自给侯冈颉颁了奖，特赐姓为仓，意思是以后你老仓就是我们集团除我以外最有权力，说话最有权威的人。从此，侯冈颉改名为仓颉。

神话是充满想像的，是美丽的，甚至是不真实的，但是人们总是喜欢这种美丽的可能不真实的神话传说。从后世的研究来看，仓颉造字可能并不是这么回事，有可能汉字的产生是散落在民间的艺术家们在闲暇的时候或者必要的时候，偶尔画在墙上或者木门上代表狩猎成果或者收支记账的代替符号而已，久而久之，形成了约定俗成的专门代表某一事物或者含义的符号，这种符号被大家所接受，成为文字，又被仓颉收集、整理、编辑起来的罢了。而这些活动就是那些考古学者或者学究们研究的范畴了，我们何不享受神话传说带来的乐趣呢？

在今天的河南省洛宁县华乡村的阳峪河畔半坡上，存在着一个被荒草淹没的土台，和一个破旧的石碑，上书“仓颉造字台遗址”，这便是当年侯冈颉停下来歇脚斗龟，从龟痕鸟迹中突发灵感造出文字的地方。话说在陕西省西安市长安区郭杜街办恭张村东南，也有一座仓颉造字台，此台为一高约10米、周长100米的夯土台，外包一层青砖砌为砖台，南面为一宽8米45度的斜坡，中间是3米多宽的水泥抹面，上书见方2米左右“仓颉造字台”5个隶书体雕塑大字。若仓颉当年是在这种环境下造出了文字，想必不是无意中得到了灵感，而是故意为之了！那么便破坏了神话的美丽了吧。

3 扎堆的发明家扎堆的发明

轩辕黄帝时期是一个大发明的时代，每一项发明都是惊天动地泽被后世的大发明。

除了上述发生在洛阳的两大发明以外，轩辕黄帝的大老婆嫘祖充分展现了女人的智慧，根据落在茶碗中的蚕茧，发明了养蚕缫丝技术，是后世中国闻名世界的丝绸源头，嫘祖也成了中国历史上继女娲之后的第二位最出色最伟大的女性。

而轩辕黄帝本人，除了武功高强，打仗有一手，收拾了炎帝，吞并了炎帝的家产，灭了蚩尤，把蛮子赶回了老家；还是个优秀的政治家，协和了百族，成为中国的第一位老大；还是个伟大的医学家，优秀的医学理论家，出色的养生专家，把自己的经验写成了《黄帝内经》一书。

当然，也有人说，此书为春秋战国时人托轩辕黄帝之名伪作的。即使真的如此，轩辕黄帝本人也不可能对医理、养生一无所知，那样的话，此书的可信度便无保证，而事实却是《黄帝内经》是我国传统医学四大经典著作之一，神奇的针灸便源于此书。

除了轩辕黄帝家族本身的发明，这个时代的发明还有许多。

大发明家风后根据北极星位置不变的现象，发明了指南车，是指南针的鼻祖，为以后的探险事业和航海事业做出了巨大的贡献。

常先发明了鼓，并用于战争，才有了中国冷兵器时代的击鼓进军，鸣金收兵的传统。和平年代，鼓也是一种很给力的乐器，丰富了娱乐界。

王亥驯养了马，成为人们最好的交通工具，等同于现代社会标榜身价的“三子”之一（票子、房子、车子），后来用于战争，才有了骑兵兵种。

共鼓造出了船，从此有了水路、漕运，极好地利用了河流资源，还是交通工具之一，省力又提速。

宁封子制造了陶器，这玩意儿的作用之大，就不说了，生活处处离不开它，小到小便用的虎子，大到祭祀用的供盘，都是瓷器的先驱。

胡巢和于则发明了帽子和鞋，这才有了光脚的不怕穿鞋的、张冠李戴等谚语、成语的流传。

隶首发明了算盘，是世界上最早发明和运用计算机的人……等等等等，总之牛人自有牛人护，牛人自有牛的传说。

章三 洛出书

永怀河洛间，煌煌祖宗业。

——宋·陆游《登城》

1 鲧不治水被舜杀

大家还记得仓颉全神贯注造字时逃进洛河的那只宠物龟吧，它的另一个传奇即将上演。

话说舜帝时代，河伯发飙，黄河发大水淹没了神州大地。舜帝虽然和仓颉一样位列七大重瞳异人之一，舜的名字重华就是重瞳的意思，但是舜帝不但没有仓颉的智慧，亦没有后世项羽的霸气，甚至还是一个软弱无能之辈。

在舜帝还叫姚重华的时候，他的老爹是个瞎眼的老头，此人不但眼瞎还心瞎，对小姚不好，但小姚觉得这是自己亲爹，虽然老头儿没钱没车没房没权，但毕竟是自己的亲爹，只能隐忍。瞎老爹耐不住寂寞，娶了个婆姨，生了个儿子叫象。母子俩又想着一切方法，欲置小姚于死地，小姚其实是满心怨恨的，甚至产生过杀了他们的想法（欲杀，不可得；即求，常在侧），但是他不敢。

惹不起还躲不起吗？小姚便外出做生意，却不是那块料，干啥赔啥，想到离家日久，家里人可能稍微好一些，就只好又回家打坷垃种地了。

到了这种地步，面对“父顽，母嚚（yín，奸诈），弟傲”，甚至是让他上屋顶修房，下面放火要烧死他，让他下井底挖井，上面填土要活埋他，小姚除了想尽办法逃生外，也只好忍辱负重，以德报怨，孝亲友弟。或许真是“天将降大任” 于他，他的孝慈感天动地。种地的时候，大象和飞鸟都感动得亲自上阵帮他的忙，河上打鱼的时候，风雨雷电都不会出来干扰他。结果不到20岁时候，小姚就因孝顺闻名天下。尧帝选继承人的时候，各大掌门人都异口同声地民主选举了姚重华同志。尧帝除了把帝位禅让给他，还把两个女儿娥皇和女英嫁给他。后世力倡“以孝治天下”的帝王儒生们，把舜帝推为二十四孝之首“孝感动天”。

可见，不仅“书中自有黄金屋，书中自有颜如玉”，“孝”中也有。舜帝的“寒门出贵”就是传说的经典案例。

但舜帝在其他专业上似乎并不擅长。所以，黄河发了大水，他除了吃手下打捞的河鲜赞不绝口以外，便是看着自己家被黄河淹没的门墩望河兴叹了。

有道是：兵熊熊一个，将熊熊一窝。舜的手下人才并不多。当他的秘书向他推荐了鲧，说鲧会治水时，舜虽然摇头说，鲧不是那块料，可也没办法，只能让鲧上了。

鲧是颛顼帝的儿子，绝对的贵二代。鲧治水用堵的方法，拆东墙补西墙，东挖西填，干了九年，为了能够完成任务，不惜做贼偷了天神的宝物：息壤。此物本质是土，却能快速生长，有点像快速繁殖的细菌。此物虽神奇，却也堵不住飙怒的滔滔黄河决堤之水。后来，天神因为鲧挑战了自己的权威，偷了自己的东西，下令让黄河水更大了。舜帝只好舍马保车，杀了鲧以谢天威。可怜鲧一心一意为人民服务，却落了个曝尸羽山的下场。

2 洛书救了姒文命

子承父业，鲧死后，他的儿子姒文命，即后来的大禹，他秉承父亲鲧未完成的事业，开始治水。

姒文命和他的父亲一样，为治水事业鞠躬尽瘁，整天工作在治水的第一线上，把自己胳膊上腿上的汗毛都给泡没了。他不但劳力，还劳心，十三年都没有回家和自己的老婆孩子在一起享受一下天伦之乐了，还有过“三过家门而不入”的创举，被多次评为优秀劳动模范。当然这种牺牲精神多多少少也约束了自己属下，自己的老大都不回家享受天伦之乐，下属又怎么敢呢？但是，辛劳并不能代替智慧，勤苦不一定带来成功。他依然对大水无可奈何。

这一天，姒文命治水来到了洛宁。太累了，也该歇歇了。姒文命靠着树便响起了呼噜。而他的属下们却在水里抓鱼捉蟹准备午饭。万事有弊就有利，黄河发大水，虽淹没了无数良田村落，却也带来了河鲜。人从来都是杂食动物，而几百年前伏羲同志根据蜘蛛网的启示发明了罟网，捕鱼捉蟹不是问题，尤其是在辛苦的劳动之余，更是一项苦中作乐的游戏。

“老大，老大，你快来看看，快来看看啊！”一名员工大叫着。

“瞎吵吵什么啊，没看见老子正郁闷呢！有什么好看的。”姒文命嘴里虽然这样说，可还是起身走上前去，和自己的下属打成一片更有利于团结，自己的父亲鲧就是没有处理好与属下的关系，在舜帝下令杀死他的时候，竟没有一个员工替他求情，真是可悲啊！这样活生生的前车之鉴，姒文命深深地铭记于心。

当姒文命拨开众人看见那个东西的时候，确实愣住了，紧接着就是五体投地跪拜。你猜他看见了什么？没错，正是那只就要被我们遗忘了的，曾经帮助侯冈颉创造文字的宠物龟。经过几百年的成长，宠物龟长大了。而姒文命是不知道这只乌龟的辉煌历史的，他跪拜是宠物龟背上的文字或者叫图画——即洛书。当然姒文命当时并不明白，这龟背上的图画是什么东西，他想此图出于洛水，刻于龟背，必是神迹无疑，所以才跪拜。

姒文命跪拜那只宠物龟之后，就把龟壳剥了下来，走哪儿带哪儿，饿了可以当碗用，渴了可以盛水喝，累了可以垫着休息，下雨了还可以当伞用……真是一件万能的宝贝。姒文命日日夜夜不离不弃地研究龟背上的图画，终于发现了龟背洛书的秘密，那便是五行术数。待姒文命精通了五行术数之学，便悟出了治水用导不用堵之法。

然后姒文命拿着三件神器：定海神针，传说此物重一万三千五百斤，姒文命能够扛得动，是因为他本身可以兽化成巨熊的缘故，这是黄帝一族的特异功能，故称有熊氏，治水成功后便沉于东海，后被孙悟空得到，成就了一代齐天伟业，因此物能长能短、能粗能细，在姒文命的手里只是作为一根测量河水深浅的探水尺而已；开山斧，此物后被刘沉香所得，劈华山救母，如今华山险峻，与这把开山斧不无关系；龟甲洛书，率领大家劈开龙头山把洛水导入黄河，然后一路逢山开山、遇洼筑堤，把滔滔黄河导入大海，由此成就了治水伟业。

据说，洛出书处，就在今天河南省洛阳市洛宁县的西长水村，这里至今有两座石碑并排面南而立，东边的石碑因岁月的剥蚀，上边只剩下一个魏书的“洛”字，清晰苍健，西边的石碑，正面上书“洛出书处”，由清雍正年间河南府尹张汉所书、永宁县令沈育所立。同时还有神秘的龟窝、龟滩。古碑西侧的龙头山上有禹王庙、洛河龙神庙、“洛书赐禹之地”碑等古迹。后人将古老的传说，演绎成了历史，就使得“洛书”更有了文化品味。

3 大禹治水的附加值

在开山的过程中，姒文命不经意间造就了不少成名的旅游景点，简单地说一个与洛阳有关的。

那一日，姒文命用开山斧劈开龙门山（那时候不叫龙门山），伊河就顺着劈开的山道东流汇入黄河，此处便是伊阙，龙门山也被分为东山（即香山）和西山（即龙门山），为龙门石窟的开凿创造了条件。

劈开龙门山之后，姒文命看到手上有点泥巴，便在伊河旁边挖了个小坑，想聚点水洗洗手，谁知不小心挖大了，竟挖出一眼泉来（很正常，周围正发大水呢），泉水叮咚，流入坑里。姒文命洗完手，觉得这眼泉好玩，便在泉眼处雕刻了一只癞蛤蟆（此物在那时候是很受尊敬的，古人生殖崇拜，而青蛙蛤蟆之类，可以大量繁殖，“蛙”和“娃”同音，因此被古人崇拜。有一种说法就是我们中华民族的图腾龙，正是由青蛙身上的蛙纹几经曲折变化，演变修饰而成），让泉水从蛤蟆的嘴里流出。后世称这眼泉和这洼十几平米的水潭为禹王池。禹王池就在今天的龙门石窟脚下，说来也怪，这眼泉的泉水常年只有二十五六度的水温，哪怕龙门石窟被冰雪覆盖，它也不变水温。（关于禹王池的故事留待唐朝再说）

姒文命治水成功，从而赢得了民心，受到了所有民众的尊敬和爱戴。在三皇五帝等等上古时代的帝王中，无疑是禹的地位最高，功劳最大，民望最全。因为古人称禹为大禹，这个“大”字表达了古人最简朴、最直接的赞美和崇拜。古人称泰山为“太山”，“泰”字就是“太”字，“太”字就是“大”字，称母亲河黄河为“大河”，所以称功劳最大的禹为大禹。

从大禹治水的故事可以看出：我们的祖宗一直都相信人定胜天，我们的图腾龙也是一种超越自然、人定胜天的产物。不像外国，大洪水来的时候，自私自利地只顾自己逃命，为了仅有的两张船票，就把其他所有人都淹死了。

当然洛书的作用不仅仅只用来治水，从这幅图画中，发现了天下为九州的秘密，还制作了九鼎，颁行九章大法，完完全全得到并治理了天下，成就了一代伟业……

洛书是中国古代阴阳五行术的源头，亦是中国古代实用思想的开端。

章四　何以解忧唯有“杜康”

对酒当歌，人生几何？譬如朝露，去日苦多。

慨当以慷，幽思难忘。何以解忧，唯有杜康。

——三国·曹操《短歌行》

大禹累伤了胃口

要说第一个造出酒的，绝对不是人类，而是伟大的自然界。大自然造酒的过程是：山中野果成熟坠落，恰好掉进一个石窠臼中，又恰好下了一场雨，雨水淹没了石臼中的野果，树叶飘落又恰好盖在了石臼上，接着一段时间是阳光正好，温度适宜，野果在石臼中发酵，变成一种天然的含有一定酒精的果酒。当然，这种现象出现的机会微乎其微，却也有此可能。

而第一个喝酒的也不是人类，而是熊。熊和人有一个共同点就是都是杂食动物。熊吃饱了野果，喝足了山泉，抱着鼓鼓的肚子靠着树打着盹儿晒太阳。这时候野果和山泉就在它的肚子里悄悄地酝酿着，变成了酒。熊只觉得意识有些模糊却又有些快意，行动有些恍惚而身不由己，连它自己都不知道它已经做了喝酒的第一个。

言归正传。话说姒文命得了龟甲治水成功以后，不但民望大增，而且还培养了一大批死党追随者。为了顺应民意，舜帝咬牙切齿地笑着把禹分封到了夏（河南省万县）这个地方。后有意无意放出话来，说把姒文命确立为接班人。哪个父亲不疼爱自己的儿子呢？舜帝实际上是有私心的，他也想把帝位传给自己的儿子商均，但是想想自己的儿子是个败家子，又没有什么大的功劳，手下也没有几个人才，董事会里也没有铁杆的支持者，若是把帝位传给他，无功受禄，必遭不测，所以才传给了人脉广，民望高，才能大的姒文命。这样的话，他的儿子商均至少可以作为一个不愁吃不愁穿的地主富二代。

但是，商均却是一个不知好歹的家伙，他没能理解父亲的大爱无声，反而觉得父亲糊涂，把堂堂的大公司拱手让给外姓人，心有不甘，便想争位。所以，舜帝死后，商均便坐在舜帝曾经的宝座上，等待大家朝贺，谁知等了一天，没见到一个人影儿，问秘书这是怎么回事？人都到哪去了？秘书尴尬地说，大家伙儿都跑阳城（今河南省登封市）姒文命那儿去了，说完自己也跑到阳城去了。一个好汉三个帮，光杆司令有啥当。可悲啊！商均无奈，只好让姒文命做天下的王，即大禹。

大禹做舜帝的员工时，最主要的事就是治水，等接管了国家这个公司，做了董事长，才发现原来要做的事情这么多。他让后稷做了农业部长，播种五谷，此人为周的始祖；契为教育部长，掌管教化，此人为商的始祖；皋陶为大法官，掌刑法，此人为嬴秦始祖；倕为水利部长，主管水利开发和手工业；伯益（皋陶的儿子）为资源部长，掌山林原隰（xí，低湿地）的草木鸟兽，（乖乖，这一帮子员工没有一个是省油的灯，都是一代大佬）等等，这样虽然不必事必躬亲了，可林子大了什么鸟都有，公司大了什么鸡毛蒜皮的事都可能发生，再小的鸡毛蒜皮乘以大，都是又大又多的鸡毛蒜皮。这一堆一堆的事把大禹搞得头昏脑胀，吃不下饭，睡不着觉，有时候站着能睡着，有时候躺着睁眼到天亮。

大禹的大老婆涂山氏是个通情达理、温柔贤淑、上得厅堂、下得厨房的居家必备好老婆，可这样打着灯笼都难找的好老婆，此时此刻除了看着丈夫一天天消瘦干着急以外，没有任何办法。

2 杜康的情人发明了醪糟

涂山氏陪嫁时有个丫环叫仪狄。后世都把仪狄当作一个男人，其实仪狄是个蛮人，又是个女人，只因汉代以后，大男子主义盛行才故意把仪狄当作男人，来给男人这一行业增光添彩。大家不要小看女人，不知道大家有没有发现，五帝中黄帝、颛顼、帝喾都姓姬、帝舜姓姚，而其他著名的人物如炎帝姓姜，大禹姓姒等等，这几个姓有什么共同点吗？对，都是女字旁。那时候，刚刚从母系氏族过渡到父系氏族，但是恋母情结依然存在，女性的地位还很高。

这位仪狄女士，虽只是一个丫环，却是个美食家，她掌管着大禹的胃，是大禹的厨师兼营养师。涂山氏找到仪狄，对她说：“狄儿，眼看着大王食不下咽，日渐憔悴，总不是个事儿啊？你看能不能想想法子，让大王多多少少吃点，喝点粥也行啊！”仪狄说：“夫人，不是我不想办法，是真没辙。要不这两天我去山里看看，看能不能找一些开胃果之类的，以前我在家乡总喜欢采摘野酸枣之类的，开胃消食挺不错。”涂山氏说：“好，事不宜迟，明天就去。对了，我让杜康陪你一起去。”仪狄一听杜康，脸色羞红，道：“谢夫人。”

杜康是大禹的庖正（即后勤部长），掌管大禹一家子的饮食，还掌管粮仓，对小麦高粱等农作物有很深的了解，和仪狄常在一个办公室工作，因此两人比较熟悉。

那时候天无污染水清澈，山林中尽是纯天然有机食品。两人边走边聊天，杜康见识广博，给仪狄介绍这是什么什么树，花有多漂亮，那是什么什么树，果实有多美味，两人走着走着便来到了山林深处。仪狄是美食家，嗅觉还是比较灵敏的，她突然闻到一股从未闻到过的香醇气味，便问杜康，说：“老杜，你有没有闻到一股香味？”杜康使劲吸了两口气，满林野果的香味顿时沁人心脾，而这众多的香味中确实有一种特殊的香味，类似于僵掉的野果的味道，又比那种味道香醇，便说：“我闻到了，太好闻了。”说着便仔细寻找，终于找到了，原来气味是从一截断掉枯树中传出的。那树好似长得太长时间了，心都空了，形成一个类似于桶的形状，而且上边的口被枯叶盖住，香味是从树桶裂开的缝隙中飘出来的。仪狄赶紧跑过去，掀开上边盖的树叶，顿时一阵醇香扑鼻，令仪狄精神舒畅，疲劳顿消。她低头一看，只见树桶中全是一些野山桃之类的野果，野果已经捂烂，浸泡在一些浓稠的汁液中，那汁液似琥珀一样透明微黄，似果汁又比果汁稠，似果香又比果香醇。仪狄忍不住便用手指蘸了一点尝了尝，顿时口舌生津，胃口大开。仪狄高兴道：

“就是这个味道，就是……”

话还未说完，便被杜康一把拉到一棵大树后的深草丛里，还捂住了嘴巴。仪狄满脸羞红，以为杜康要对她做什么，却发现杜康根本就没有看她，而是小心翼翼地探出头看着树后。仪狄恼羞成怒地把杜康的手从嘴上拿开，几欲发怒，却听杜康轻声道：“熊，有熊。”仪狄一看，果然看见一头巨熊正趴在那个树桶里，正使劲地吮吸树桶里的佳酿，嗞儿嗞儿有声。仪狄一看，坏了，大叫：“我的……”还未说完，嘴巴又被杜康捂住了：“你不要命了？那可是一头罴（pí，巨大的棕熊）。”

两人只好眼睁睁地看着罴把树桶中的果酿喝完，然后却见它迈着八字步，一摇一晃地正要离开，却似脚底踩泥一般，滑不溜丢地一头栽倒在地，把旁边的大桃树都砸断了。杜康和仪狄吓了一跳，谁知不一会儿却传来了罴的鼾声，这个发现让仪狄更加欣喜。

然后两人悄悄地绕过鼾睡的罴，来到树桶旁边，只见里边只剩下一堆烂掉的果泥。仪狄只好挖了一些果泥带回去准备好好研究研究，也想造出那芳香的果酿。

受到荒山果酿的启发，回去之后，仪狄从山桃、李子等水果入手，经过不懈的努力和实验，最终研究出了果酒，类似如今的葡萄酒一类，不过酒精含量极少，略胜于水果饮料，就像苹果醋之类。不过后来也用粮食造酒，用的是糯米，经发酵而成的醪糟儿，史称“仪狄作酒醪”。

3 杜康被小人陷害丢官

从山林回来之后，那种果酿的香醇味道一直萦绕在杜康的心头，后来听说仪狄造出了一种水果饮料，自己品尝之后，确实能让人食欲大开，精神振奋。要造出一种特殊的“水”的念头更加急切，但是还是一直没有头绪。杜康这边正为造那种特殊的“水”发愁的时候，竟然传来了一个坏消息。

这一天，杜康忙完了工作，躺在树下扇着蒲扇想造特殊“水”的时候，大禹的卫兵把杜康抓走了，带到了大禹的办公室。

“杜庖正，你可知罪？”大禹问。杜康纳闷，正准备问是怎么回事，这时旁边一人问杜康：“杜大人腰上挂的钥匙可是蒲四仓库大门的钥匙？”杜康一看，说话的人是自己的下属蒲四仓库的守仓人员黄浪，杜康答道：“对啊，这不是你前天给我的吗，前两天你跟我请假，说你二大爷家的闺女要结婚，你要回家串亲，你怎么在这里？”

黄浪不管杜康说什么，直接对大禹道：“董事长，杜大人三个月前把蒲四仓库的钥匙拿走，说是要亲自查仓，之后便一直带着钥匙。这几日，我到仓库查仓，直觉一股霉味冲天，我四处找杜大人却找不到，我不得不违背公司不得破坏公物的规定，砸掉了仓库的大门，只见一整仓的黏高粱已经，已经发霉长芽了，一整仓啊！”杜康气得怒火中烧，大叫道：“黄浪，你血口喷人，这钥匙明明是你……”大禹得知一整仓的黏高粱发霉变质，气糊涂了，说：“把杜康就地免职，拉出去砍了。”杜康大喊冤枉，大禹不听。这时候，仪狄说话了：“董事长，这一段时间杜大人一直跟我在一起，我发明的果酿，其中就有杜大人一半功劳，我看这件事必有内情，既然已经免了杜康的职务，也用不着杀人吧。”朝中有人好办事，经过仪狄的规劝，杜康的命算是保住了，却丢了工作。

杜康气愤，临走的时候，去看了看发霉变质的黏高粱，这一看不当紧，他敏锐的鼻子闻到了类似林中果酿的香醇，这使得他精神为之一震。仪狄把杜康安排在今河南省洛阳市汝阳县和伊川县交界的一处庄园里，并劝慰他不要伤心，她是相信他的为人处事的，等事情水落石出，定会还杜康一个清白。杜康说没关系，并要求带走一些发霉的黏高粱，神秘地告诉她，可能会给她带来惊喜。

4 杜康研发出了粮食酒

杜康来到汝阳之后，便开始钻研如何才能用粮食造出那种像果酿一样香醇的特殊的“水”，既然发霉的黏高粱已经有了一丝那样的味道，应该可以一试。

杜康来到村头打水的泉水边，尝了尝，倍觉水味儿甘甜，是一眼好泉。此泉如今叫杜康泉，泉中五彩鸳鸯虾，两两相抱，蜷腰横行，每逢秋夏阴晦季节便可闻到一股天热的酒香，杜康泉汇入杜康河中。老辈人常说，杜康河上有三奇：河雾平不及岸，鸭蛋黄鲜血样红，虾米俩俩相抱蜷腰横行。据说，杜康河上这三奇，是王母娘娘贬金童玉女到杜康河上才有的。杜康河中的鸭食水中鱼虾后，产蛋橘红色，且为双黄，史载杜康村民过去“进贡蛋而不纳皇粮”。甚是神奇，此都拜杜康所赐。这是后话，书归正传。

杜康觉得泉美，便取泉水回家，把发霉的黏高粱装进一个瓦坛子里，倒进泉水，用泥封封好，放在炕边，保持温度。

杜康做实验时并不只弄了一坛子，而是十几坛，每一个坛子里放的黏高粱都不一样，有的坛子放的全部都是发霉发芽的黏高粱，有些坛子放的全部都是新鲜完好的黏高粱，而有些则是按照不同比例把发霉和完好的黏高粱混合在一起装进坛子里，都一一做了记号，贴了标签。经过几十天几个月的酿造，杜康终于要开坛了。一个个坛子被打开：臭的，失望，期待下一坛；馊的，失望，期待下一坛；臭的，失望，期待下一坛；苦的……杜康一次次失望，一次次期待下一坛。到了倒数第二坛，不臭不馊也不苦，一尝却是酸的，杜康几乎就要绝望了。

其实这时候的杜康，已经被失败冲昏了头脑，因为他无意中已经发明了一种绝好的调味调料——醋，可惜他错过了，但是后来他的儿子黑（hēi）塔细心，拥有了醋的发明专利，为中华饮食业的发展作出了巨大的贡献。

正当杜康绝望得都不准备打开最后一坛的时候，一不小心，衣袖把坛子扫地上了，“哐啷”一声，一阵香气飘满了整个房间。杜康惊呆了——这正是他要的味道！他赶紧从地上捡起残留的瓦片，喝了一小口残存的散发着香味的水，入口甘醇美味，口舌生津，下肚后肠胃舒畅，精神舒爽。

杜康正沉浸其中的时候，他家的大门被敲响了，他开门一看，乖乖，全村的男女老少都聚集在他家的门口，吓了他一跳。一问才知道，原来是被香味招来的。可惜一坛好酒已经归于尘土。

杜康是第一个造出酒的人，因此他拥有命名权，他称之为“酒”，造这个字很简单，“酒”字就是他造酒用的酒坛子的象形。而杜康把造酒时掺的发霉发芽的黏高粱叫作曲，酒曲，用来使粮食发酵。此后，中国造酒（白酒）都用酒曲，大曲、头曲、陈曲等等，不一而足。这便是史称“杜康做秫酒”。杜康造酒成功，是为中国酒文化的滥觞，杜康也因此被后世奉为“酒圣”。

5 不爱当官爱美酒

杜康把造好的酒献给大禹。这时候，大禹已经在仪狄的有意调查下明白了杜康是被小人黄浪冤枉的，黄浪已被斩首示众。各位看官，从黄浪血淋淋的例子看出，朝中后台不硬的时候，千万别对比自己后台硬的老板叫板，那样你只会死得更惨。

大禹喝了杜康酿的酒之后甚是开心，便以杜康的姓名命名此酒，老杜当然谦虚推脱一番才高高兴兴地答应了。大禹也甚是高兴，便让杜康回来继续做后勤部长，杜康一想到伴君如伴虎的前科例子，打死都不愿上任，还是回家躺炕上喝着小酒唱着歌比较爽，便没有答应大禹的返聘。

大禹酒量不行，不过二两便醉得不省人事了（不能替老板挡酒的秘书不是好秘书），睡了两天才醒来，说了一句：“这酒是好东西，可也是坏东西，以后一定会有人因此物而亡国。”便戒了酒。大禹之所以被称为“大”禹，单单这一份惊人的毅力，就没多少人能比啊！想想大禹的千年预言，一语成谶，后世爱酒爱美人不爱江山的王侯将相大有人在，如今层出不穷的马路杀手，也个个都是酒桌上的高手高手高高手。

真不知道杜康造酒是一件好事还是坏事，也许，事情本没有好坏之分，而人却有好人坏人吧。不过，酒被造出来之后，派对也终于发展完善，有风有月，有酒有肉，有美女有音乐，腐败的日子终于来临了。

自从酒造出以后，一直都是上流社会垄断，而一项技术的流传都是因为民众的认可和需求，杜康酒亦是如此。后来九州出现的造酒公司越来越多，战国时期就有老秦的西凤酒，楚国的兰陵酒，韩国的宝丰酒，宋国的鹿邑酒，赵国的马奶酒等等，而杜康酒能够流传几千年而不朽，确实在于它的内涵，在于它的品质。

而杜康酒的发扬光大，与枭雄魏武帝曹操，喜欢“裸奔”的西晋酒仙刘伶，以“斗酒诗百篇”闻名天下的唐朝大诗仙李白等的免费广告是分不开的。

曹操一句“何以解忧，唯有杜康”，解决了多少人的烦恼，也说明，当时的杜康就是今天的“茅台”，奢侈品。

放荡不羁的竹林七贤之一刘伶，甚至被人“穿越”到杜康时代。“杜康美酒醉刘伶”的神话传说，刘伶慕名来到杜康的酒馆，喝了三杯杜康的家酿美酒，一醉就是三年，“猛虎一杯山中醉，蛟龙两盅海底眠，刘伶一醉睡三年。”

站在唐朝的终南山上，一贯以吹牛破天的浪漫主义分子李白口出狂言：“喝尽杜康万壶酒，刘伶比我亦自羞”。意思是，我诗仙酒量比你酒仙刘伶更牛。

杜康当年有一个无心之错，就是杜康到底是在哪儿成功地造了酒。其实真的不能怪他，那时候，还没有汝阳和伊川这两个地名，而他的老家又在陕西的白水，真的很纠结。纠结的后果是，就连杜康也搞不清，他酿的杜康酒的原产地究竟是在今天的汝阳呢，还是在伊川，反正两家“争名夺利”不亦乐乎。如今汝阳杜康和伊川杜康强强联手，而陕西的白水杜康因当年汝阳和伊川“鹤蚌相争”的时候，乘机“渔翁得利”，迅速崛起，又因为当年商标保护意识不强，结果这三家杜康均为正品，形成今天的杜康酒“三国演义”。

如今，汝阳县有造酒遗址，杜康仙庄，杜康河、杜康祠，杜康墓等等与杜康前辈有关的东西。伊川也存在“上皇古泉”（杜康酿酒的地方）等等遗产。陕西白水是杜康的老家，自然也不会忘记了这位荫被后世的老祖宗。因为杜康，更因为杜康酒，这三个地方又成了酒文化的旅游点。

章五 太康得了酒壶失了国

欲问天下兴废事，请君只看洛阳城。

——宋·司马光《过洛阳故城》

中国首任“国君”曾经是个石人

别迷恋哥，哥只是个传说。这句话放在先秦史上是一个普遍真理，但放在被史学界比较异口同声的中国第一任国家元首（之前都被认定是原始社会的部落首领，而这个才是奴隶制国家的开始），夏朝的开国者启的身上，或许更为传神。

话说大禹在世的时候，本想把董事长的位置传给大法官皋陶，可再牛的人也抗不过岁月，大禹还没来得及让位，皋陶便去见帝舜去了。皋陶逝世后，大禹又想把担子交给皋陶的儿子伯翳。伯翳雄心勃勃，踌躇满志，巴不得大禹赶紧挂了，自己好接手公司。

计划总是赶不上变化。大禹的儿子启是一个有想法的人，他内心深处有一个明确的目标，就是接管老爹的一切。

启曾经欣赏过帝舜的儿子商均，因为商均曾为自己的理想奋斗过、拼搏过、争取过，启又一度地瞧不起商均，因为商均无才、无能、无德、亦无骨气，失败之后便安于现状地度过了自己平庸的一生。

启从出生的那一刻起，就是不平凡的，就连他的出生方式都与众不同。据说，大禹在河南的嵩山开山治水的时候，施展特异功能兽化成一头巨熊，而十月怀胎的涂山氏挺着大肚子去给大禹送饭，好不容易上到山上，来到大禹的施工现场，却见一头巨熊人立而起，劈山碎石，顿时吓了一跳，赶紧往山下跑，大禹一看怀孕的老婆在山路上跑，怕颠了孩子，顾不得变回人形便边追边喊："老婆，小心肚子里的孩子，小心孩子！"不要以为只有大禹会特异功能，涂山氏名字中带有一个山字，那也是她的特异功能，涂山氏看见巨熊追赶又听见熊说话，哪见过这阵势，人类的自我保护意识瞬间爆发，"呼"一下变成一块巨石横亘在路边，却听见熊说的是"小心孩子，小心孩子"，才发觉刚才的惊吓加上颠簸，确实动了胎气，一个忍不住，孩子便生出来了，大禹刚好赶到涂山氏化身的石头边上，"呼"一下，一个小孩飞到空中，大禹一个飞扑接住了孩子，长吁一口气，变回人形。

因为涂山氏变过嵩山的石头生了启，死后又葬在嵩山的东边，山下建有启母庙，故嵩山的主山就叫做太室山，太是大的意思，室是老婆的意思，太室山的意思就是大老婆山。有大老婆山，肯定就有小老婆山。涂山氏的妹子也嫁给了大禹，死后葬在嵩山的西边，山下建有少姨庙，故称少室山。少室山山林中建立的寺庙就是少林寺。

父亲对儿子的影响总是最大的，他会影响一个孩子的心理健康和价值观的建立，而启却是不幸的。启除了出生的时候被父亲抱了一下，之后的十三年，他知道的关于他父亲的事情，不是听别人说的，就是在报纸上看的，三过家门而不入的传说，对于历史来说是被颂扬了，可对于一个童年的孩子和寂寞的少妇来讲，那便是剜心的痛啊！所以启一方面是恨自己的父亲的，恨父亲不能给自己那种骑在肩头的威风和骄傲，恨父亲不能给自己那种比赛看谁尿得远，又故意输掉的自由和欢笑……然而，启另一方面又是爱自己的父亲的，他知道自己父亲是一个伟大的人，因此在别人讽刺他没有见过自己爹时，他才会骄傲地说自己爹叫姒文命，是夏国的老大，在别人说他是没爹的孩子的时候，他才会和别人拼命，哪怕对方人多，年龄又大……而泪却总是流在夜里，哭声总是捂在被里……

因此，启要做出一番事业给自己的老爹看看，让自己的老爹知道自己的儿子是能干的，是优秀的，所以他才决定接手老爹的一切。

2　夏启终结了禅让制

大禹死后，按照古礼，继承人必须给前任董事长守丧三年。就在伯翳守孝的三年中，启开始活动。启跟随老爹多年，划定九州扛过仪器，制定九礼搞过宣传，组建军队流过汗，南征三苗流过血……也算是文功标榜，战功卓著。再加上这三年内，启的刻意伪装，比如吃饭只吃一个素菜，睡硬板床，艰苦朴素，尊老爱幼，使得拥护他的人不少，受过他恩惠的人也不少，而拥护伯翳的主要是一块吃河鲜治洪水的那帮老臣，既然是老臣，要不就是有心无力，有力无财，要不就是行将就木，半截入土。总之，年轻时常年泡在水里，什么风湿病老寒腿，把老头儿们都折腾得够呛，他们的要求只是能够拥有养老保险和医疗保险就行，最好能够进入国家养老院或者疗养院，启不缺的就是钱，开养老院，发保险金，很快就收拾了这帮老头儿。等伯翳守孝结束，发现自己成孤家寡人了，只好把位置让给了启，自己躲到箕山养老院养老去了。从此，公天下的禅让制被家天下的世袭制取代，并沿用至清朝灭亡。

这个禅让制很有意思，百度上解释：禅让制，中国原始社会部落联盟民主推选首领的制度。是中国统治者更迭的一种方式，在位君主生前便将统治权让给他人。形式上，禅让是在位君主自愿进行的，通过选举继承人让更贤能的人统治国家。通常，禅让是将权力让给异姓，这会导致朝代更替，称为“外禅”；而让给自己的同姓血亲，则被称为“内禅”，让位者通常称“太上皇”，不导致朝代更替。

好吧，让我们回过头来，整理一下五帝的关系，列出一个清单。

黄帝（第一代，在位一百年）算是九州的第一位盟主，禅让给了帝颛顼（zhuān xū）。颛顼是黄帝的大老婆嫘祖的二儿子昌意的大儿子高阳氏，即黄帝把盟主之位禅让给了自己的亲孙子（第三代，在位七十一年，享年九十一岁）；

帝颛顼崩（古代帝王死避讳的说法）后，禅让给帝喾（kù），帝喾是黄帝的大老婆嫘祖的大儿子玄嚣的儿子蟜（jiǎo，毒虫）极的儿子，即帝颛顼把盟主之位传给了自己亲堂侄子（黄帝亲曾孙，第四代，在位六十三年，享年一百岁）；

帝喾崩后，禅让给帝尧，帝尧是帝喾的四儿子（黄帝的玄孙，第五代，在位一百年）；

帝尧崩后，禅让给帝舜，帝舜是黄帝的八世孙，帝颛顼的五世孙（第八代，在位五十年，享年一百岁）；

帝舜崩，禅让给大禹，大禹是黄帝的六世孙，帝颛顼的曾孙（第六代，在位四十五年）

……看见没有，从这个清单，能得出两个最有效信息：第一个，在医疗条件较差的原始时代，从小不喝三聚氰胺奶粉，吃肉没有注水肉，吃饭没有毒大米，炒菜没有地沟油，上街不怕醉驾撞人，上班不用熬夜加班，郁闷不用抽烟解闷，应酬不用喝酒至醉的情况下，条件的原始，医疗的落后并不会成为人类短寿的阻碍；第二个，这个禅让制禅让的都是自己人，和西方的皇室血脉传承比较类似。拥有一个贵族或者皇族的血脉很重要，皇帝轮流做，明年到我家，说不定哪一天帝位就落你头上了。

大禹在世的时候，把公司总部建立在阳城（今河南省郑州登封，大禹曾在此开山治水，化熊追妻，有感情，再加上离获得宝贝洛书龟壳的地方比较近，有感情）。等启上台之后，就把公司的总部迁到了大禹因治水成功而受封“夏伯”的封地夏邑（今河南省禹州市，也因大禹而得名），从此禹州成为中国史上第一个具有国家概念的夏朝都城，并且在钧台（禹州三峰山东麓）宴请九州分公司的总经理们。

当时有一个分公司叫有扈，其总经理叫有扈氏，看不起谋权篡位的启，便没有来参加他的庆功宴。启甚是恼怒，等宴会刚结束，就派兵在洛阳的甘地大战了一场，有扈氏屈服，承认了启的合法地位。

启的上台与坐稳经历可见，历史逻辑上的合法与不合法，不仅仅与所谓正统和法律规定有关，有时候与暴力下的能否搞定更有关。马克思关于“法律都是统治阶级的法律”的法律观真是放之四海颠扑不破。也就是说，你只要先成为统治阶级，那么你就是合法的了。这算是历史的一个心照不宣的秘密。

另外，我发现，启的老爹大禹给启起的名字真是有远见，而启也真是没辜负老爹的一片厚望。启不仅是从开裂的石头缝里蹦出来的，还开启了中国第一个真正意义上的国家的大门，不愧是承前“启”后。

3 贪酒贪出个酒壶新都

闲话少说。这时候，伪装了多年的启终于决定做回他自己，“有钱不花，死了白搭”、“人生苦短，及时行乐”这才是启的人生信条。他开始了奢华的生活，喝酒（多亏了杜康，酒是个好东西）吃肉，歌舞游猎，还创作了大型的乐舞《九韶》，这日子过得要多爽有多爽，无拘无束，天天处于酒精的梦幻里，不知今夕是何夕，只顾把酒问青天。不觉间，九年过去，启的身体已经被酒色掏空了，眼看就要见老爹大禹。启给五个儿子留下的最好的榜样就是篡夺了帝位，因此他的五个儿子也开始有所行动。

说实话，他五个儿子中，最有能力的就是老五武观，可惜启要传位的是老大太康。于是，一不做二不休，武观开始武装夺权。启只好派大将彭伯寿打败了武观，武观服输认罪抑郁而终。没多久启就去世了。都说酒是穿肠毒药，色是刮骨钢刀，一点没错。在那时候无污染高含氧的绿色生态环境中，人人都长寿，五帝中在位最短的也有四十五年，而启只在位九年便去世了，算是异数。不过，启的九年是快乐的九年，是享乐的九年。一年的风流挥霍超过了他十年的禁欲苦斋啊！

启死后，太康继位。太康上台的第一件事就是搬家。启给他的孩子们做的第二个好榜样就是享乐。太康就是个享乐主义者，他嫌弃阳翟老家又小又旧，不排场不阔气，住着憋屈。有一天，太康去洛水流域打猎，在洛水的南岸，今偃师的二里头无意中发现了一个绝妙的好地方。这里有一个高岗，高岗南面有一条川，川中有一条河叫鄩（xún）水，鄩水自东南而来，到高岗南面又向西北流去，缓缓注入洛水之中。而洛水自西南而来，在高岗西面又向北流，再转向东北流去，恰好形成两河夹一岗的特效。太康平时好喝酒，一看这地方，一巴掌拍在马屁股上，高声笑道："这个高岗不就是一个酒壶嘛，那条川是壶嘴，鄩水刚好是壶中的酒，被缓缓斟入洛水中。哈哈哈，妙哉。以后这个地方就叫做斟鄩吧。"于是，太康就决定把家搬到这个取名为斟鄩的高岗上。

若仔细分析一下，从地理上看，斟鄩是一个优美又富有诗意的地方；从军事上看，斟鄩三面环水，易守难攻，真是个好地方。一个人，喝酒能喝出一个夏都来，不是一般人能有的境界。

如今，考古界在洛阳偃师二里头挖掘出夏都斟鄩遗址，这是洛阳"五都荟洛"称号中的第一座古都遗址。

太康搬家到斟鄩之后，离自己打猎的地方更近了，而且离杜康造酒的汝阳也不远，太康实在是太高兴了。现在他每天只有三件事，喝酒、好色、打猎，都是娱乐活动，忙得不可开交，哪有时间去处理国家大事啊！一边呆着去吧！记得有一次，太康带着大小老婆，开着公车，携带公款，出游畋猎，好家伙，一去三四个月，弄得下属们要盖公章、签合同都找不到人，公司几乎瘫痪。说实话，一国首脑无为，对百姓来说未必不是一件好事，最起码百姓不必为打仗死人，不必为修桥修路修大坝出力等等，百姓一天到晚，打打牌偷偷菜斗斗地主肯定是乐此不疲的。

4 后羿把太康赶出“酒壶”

其实天下本没有事，折腾的多了也便有了事。首脑不管事了，手下总有那么一小撮人喜欢折腾，更喜欢挂着首脑的名义瞎折腾。今天要征民女入宫做妃子，明天交公粮给老大酿酒喝，后天又收田征地给老大圈地打猎用……这日子没法过了。百姓们开始在家里的炕上小声嘀咕，再到村头树下议论纷纷，最后街头巷尾、邻村异国都知道了，除了把怨挂在嘴上，有实力的就想出来主持主持公道。

管闲事的终于出现了。

东夷有个有穷氏部落（今山东省德州市），他们的老大叫后羿。怎么又是后羿？这小子的传说可真够多的。大家不必怀疑，这个羿字，从羽从廾（gǒng），羽是羽箭，廾是双手，字面意思是用双手把握箭飞行的方向，本义是箭术的掌握者。本来造字之初，官方把国家武术教练叫做“司羿”，跟林冲做的神马八十万禁军总教头是一个类型的官，“司”就是“可以世袭的职业”的意思。夏启不是改家天下了吗，是大禹的后代，故此把“司”字反过来造了一个新字“后”，故此，国家的正式官员，很多都改用“后”字头了。那么后羿的意思，也就是国家承认的武术教练，并且可以世袭。当然，历史中有很多个后羿，就是射箭高手的共同称号而已，就像蒙古人称射箭高手为哲别一样，并不是一个人，而是代表一撮人。

就是这个后羿，趁着太康出去游玩的时候，来了个鸠占鹊巢，把太康家给劫了。

后羿接管了太康一切的时候，太康正兴高采烈地游山玩水。等回来的时候，却看见自己的五个兄弟和母亲正在洛河边上唱歌呢，歌声凄凉，歌词曰：

“听爷爷的话，百姓才是我们的老大，只顾自己玩耍，老大发飙把我们打趴；

听爷爷的话，色是刮骨刀酒是穿肠毒，贪杯好色兴土木，终把自己坑苦；

孰不知当年陶唐，国土广阔大又方，只因失德坏纲常，百姓雄起将灭亡；

当年爷爷威名响，定法典万民颂扬，大哥糊涂蔑法典，赶出家门宗庙亡；

哎哟喂大哥呀大哥，没车没房好辛苦，你铸大错我痛苦，你还有脸回来住？”

当然，这是为方便看官理解，我翻译的现代口头语言，用古人的书面语言恢复如下。《尚书》记载——

其一曰：皇祖有训，民可近，不可下，民惟邦本，本固邦宁。予视天下愚夫愚妻一能胜予，一人三失，怨岂在明，不见是图。予临兆民，懔乎若朽索之驭六马，为人上者，奈何不敬？”

其二曰：“训有之，内作色荒，外作禽荒。甘酒嗜音，峻宇雕墙。有一于此，未或不亡。”

其三曰：“惟彼陶唐，有此冀方。今失厥道，乱其纪纲，乃底灭亡。”

其四曰：“明明我祖，万邦之君。有典有则，贻厥子孙。关石和钧，王府则有。荒坠厥绪，覆宗绝祀！”

其五曰：“呜呼曷归？予怀之悲。万姓仇予，予将畴依？郁陶乎予心，颜厚有忸怩。弗慎厥德，虽悔可追？”

听到这里，这时候太康才明白过来，坏事了，只顾贪玩把家给丢了。后羿也出来了，他对太康说：“哪凉快你去哪吧，这已经是我的地盘我做主了。”太康只好灰溜溜地走了，来到了今河南省太康县一带，给太康县取名为“阳夏”。他还念念不忘自己是夏禹的子孙，故此把那里取名为夏表示怀念，加一个阳字，表示前途的光明。实际上，太康仅在斟鄩呆了两年，而在阳夏呆了二十七年，死后也埋在了阳夏，后世纪念他，改阳夏为太康。

我这就有点不明白了，这样一个只顾吃喝玩乐，把家都丢了的亡国之君，不知道有什么好怀念的，或许就为了那一点点所谓的高贵血统？

章六　少康复国别“酒壶”

洛阳城东西，长作经时别。

昔去雪如花，今来花似雪。

——南朝梁·范云《别诗》

1　爹爹也被“总经理”

太康走后，后羿就是斟鄩城的真正老大了。其实后羿是一个玩心很重的大孩子，并不想当什么老大，当老大有什么好？整天不是黄河发大水，请天子派人治理；就是南方三苗有骚动，请老大派人修理；再不就是东村老汉家的牛神秘地失踪了，有人怀疑是外星人入侵的警告，请天子定夺；西家王寡妇偷汉子了，不同的汉子争风吃醋而火拼，死了八个，伤了十二个，请天子定罪……不厌其烦，一点都不好玩。

所以，不喜欢拘束的后羿就把太康的弟弟仲康叫过来，说：“老二啊，这位子本来就是你们家的，你还坐着，大事儿我做主，小事儿你做主。而决定事情是大是小呢，还是我做主。我觉得老百姓整天叨叨就是小事儿，你给处理了。这游山玩水、狩猎斗鸡是大事儿，就让我去做。”

仲康想说什么，后羿直接说：“我呢，其实是来通知你的，你同意也得同意，不同意也是这么定的。”于是仲康成了后羿的傀儡，坐上了公司法人代表的位置，处理这些令人脑袋发大，眼睛发晕的东西，而后羿自己呢，则像太康一样喝酒享乐、打猎巡游，有花不完的钱、泡不完的妞儿、喝不完的酒、旅不完的游，真是爽快！

仲康就郁闷了，本是自己的家却成了寄人篱下，自己辛辛苦苦脏活累活大包大揽却还是给别人打工、擦屁股，劳心劳力就不说了，关键是憋屈啊！所以，仲康在斟鄩憋屈了七年，终于解脱了，去见自己的爷爷大禹诉苦去了。

仲康解脱了，这国事不能耽搁啊！没关系，老爹活儿干得不错，后羿十分满意，那就让他的儿子继续吧！啥也别说了，干吧！仲康的儿子后相（后羿的后字）就挑起了老爹抛下的重担。自己也不想干啊，可人家手里有枪！这时候有枪才是爷，枪杆子里出政权，枪杆子里也出奴才。后羿依然做了甩手掌柜，逍遥快活去了。

后相虽然有情绪，但是做事还是很认真的，因为在他心里，这个公司毕竟还是他们家的，这个公司虽然名义上的董事长是后羿，可执行权在自己。人民群众都是知恩图报的，谁对他们好，他们就认可谁，对谁更好。渐渐地，后相有了群众基础。

 好妈妈胜过好老师

真正的阴谋家总是装得很逼真，潜伏得很深，当你相信了他，对他放松了警惕的时候，就是他开始吃掉你的时候。

后羿收了个义子，叫寒浞（zhuó，淋湿），他一直以为，这个寒浞从小胆小怕事，会永远对自己忠心耿耿，却不知道长大后竟然变成了潜伏自己身边的一条蛇。当然，后羿并不懂得言传身教的大道理，也就是说，这条蛇也可以说是后羿自己养成的。

在后相当上傀儡的第七年，一切都是那样的平静，和往常没有什么两样。后羿外出打猎归来，接过管家递过来的一杯杜康酒，一饮而尽。可没过多久，便发现不对劲了，肚子疼，疼得无法呼吸。这时候，一脸阴笑的寒浞出现了，他指着后羿的鼻子道："毒酒的滋味还不错吧？"后羿拿起箭，却再也拉不开弓了，只能红着眼睛看着寒浞，说了一句："卑鄙……"便死了。寒浞对着后羿的尸体说："你不也是篡夺人家的家产吗？我只是比你学得好而已！"说完，寒浞意犹未尽地接管了后羿的一切，包括他的妻子和家产，然后才去收拾后相。

后相还是有一点政治细胞的，这一天他感觉有些不对劲，自己的右眼一直跳个不停，便催促自己怀孕的老婆后缗（mín，这又有一个后羿的后字，穿铜钱的绳子）回娘家去，后缗舍不得老公，便磨磨蹭蹭、慢慢腾腾地收拾东西。寒浞不像后羿那样仁慈，没有杀死太康，还让太康的弟弟仲康来当老大，他的人生信条就是对待敌人要像冬天般寒冷，斩草不除根，春风吹又生。他杀了后羿，接管

了后羿一家，觉得还不过瘾，还要杀死后相一家。

当后相面对寒浞的屠刀时，临危不惧，表现出了一代优秀帝王应有的镇定，说："你要的不就是让我死吗？那让我自杀吧，我们好歹也相处了这么长时间了，给我留一点尊严。"寒浞同意了，欣赏别人在自己面前慢慢地死去，他觉得那是一种美妙的享受。

而后相的这个举动，其实正是在告诉他的贴身丫环，赶紧通知后缗回娘家。事实证明，人心有可贵的，不论任何黑暗的年代都会有忠心的仆人存在。这个丫环赶紧通知了后缗，带着后缗从斟鄩夏都后门的狗洞钻了出去。后缗也顾不得什么尊贵和尊严，毫不犹豫地钻出狗洞，回到了她的山东老家有仍氏（即缗国，今山东省金乡县）。

历史证明，这个狗洞钻得实在是太有价值了，因为第二年，后缗便把仲康的遗腹子生了下来，取名曰：少康。

少康是个好孩子，从小就很懂事，家里虽然也算大户人家，但有钱却从不乱花，有权却从不滥用。

一个好母亲对一个单亲的孩子来说，尤为重要，比只会喝酒赌博的父亲强千万倍。后缗就是一个好母亲。后缗当年从狗洞爬出，逃回山东老家生下少康之后，便暗暗发誓，此生的唯一任务就是要培养少康成才。少康的童年是单调又枯燥无味的，整天都有写不完的字做不完的习题，偶尔有个星期天，后缗就请个家教学习武功和兵法。而每当劳累的一天结束的时候，在和谐安宁的晚饭的饭桌上，后缗给少康讲的最多的就是：如今的天下本是我们姒（大禹姓姒）家的，我们的家业如何如何被后羿夺去，又如何如何落入寒浞手里；想当年你爷爷的爷爷是如何如何的牛，九州大陆都是他的囊中之物；你的爹爹又是多么的悲惨，勤政爱民却被奸人所害……在母亲严厉的教导，苦口婆心的耳提面命下，少康远离吃喝嫖赌偷等五毒，学习仁义礼智信等五德，成长为一名人见人爱的优秀小青年。

他的外爷（洛阳人称外祖父为外爷）看在眼里记在心里，便让他做了管理畜牧业的官。别小瞧这个官，这个官其实就是掌管军事的，演变成后世的司马一职，在殷商时期，司马便同三公六卿的六卿并列，掌管国家的军饷、士兵及军事人员的训练、军法等等，大禹时代的伯翳便担任此官，被大禹定位接班人。少康做了这个官之后，与军事接触的更多了，不仅武功大增，箭法高明，领兵作战能力亦是大有长进。

3 放长线钓大鱼

话说寒浞做了斟鄩的老大之后，亦是吃喝玩乐。拼老命夺权是为了什么？不就是为了金钱美女、权力地位、吃喝享乐、逍遥快活吗？但是，寒浞一直有一个心病，就是他听说，那个逃走的后相的老婆后缗，生了个男孩少康，此人将是自己的威胁，不得不除。寒浞便让大儿子浇去山东剿匪。

此时的少康已经不是一个小孩子，他得知寒浇要来，心里所想的并不是鱼死网破地拼死一搏，而是思考眼下有仍氏实力有限，不能硬拼，若是连老本都拼没了，就再也无翻身之地了。寒浇的目标是自己，要是自己不在有仍，那么寒浇定当撤军。我潜得更深是为了以后跳得更高，寒浇，你等着吧，终有一天我姒少康一定会回来的！然后，少康便带了一些愿意追随他的铁杆粉丝逃到了有虞氏（今河南省商丘市虞城东）。

有虞氏的老大虞思觉得少康这小伙儿还不错，便把女儿嫁给了他，还让做了后勤的官。这里插一句，杜康曾经干过这个职务，因此有人怀疑酒是少康发明的，但是你想想，要真是他发明的，他的爷爷又怎么会酒色失国呢？自从少康干了这个官，少康除了得到抱得美人归和吃饭不花钱的美事以外，还学会理财的本领，要不是从小母亲就让他好好学习数学和计算机（算盘），还真干不了。虞思也够意思，把土地肥沃的纶这块地作为嫁女儿的嫁妆送给了少康，连带着五百士兵。一下子什么都有了。所以说，不要总抱怨自己命苦，说他人什么都有，自己一穷二白，只要你自己足够优秀，总会有贵人欣赏你，帮助你的。抱怨从来都不是一个优秀的人应该沾染的恶习。

当少康有了靠山，有了根据地，有了一定实力的时候，你什么都不用做，那些想造反或者说想复国的人就会来找你。这些人一般都是少康他爹或者伯父或者爷爷的下属，他们分为两类，一类是有一定实力，单干却成不了气候；另一类便是一无所有之辈。这两类人有个共同的特点，就是当初因为能力太小而被排斥在权力中心的外围。这时候，跟着少康一起复国，对于有一定实力的人来说，算是一次风险投资，成功了，他们就是复国功臣，封官加爵不在话下；失败了，没关系，自己家还有几百亩地，饿不死冻不着，做自己的小地主一样逍遥快活。而对于一无所有的一类人来说，就当是一次白手创业，成功了，自己的儿子就是富二代、官二代了；失败了，没关系，反正家里什么都没有，自己也增长了一次难以忘怀的经历。一个谈过恋爱又被甩了的人和一个从没有谈过恋爱的人一样吗？不一样，至少哥曾经拥有过，吹牛扯淡也有谈资。

来找少康的人叫靡，他就是孤家寡人一个，曾经是少康老爹后相的员工，寒浞逼死了后相，他就赶紧逃了，逃到了有鬲（gé）氏（即鬲国，今山东省德州市）。此人很牛，虽然孤家寡人，但是单凭曾经跟着后相干过，又有一张能忽悠的嘴，便成功忽悠了有鬲氏，拥有了兵权。寒浞得斟鄩之后，便让他的俩儿子浇和豷（yì，猪喘气）把伊洛流域的另外两个部落斟鄩氏和斟灌氏赶出了家园，浇因此封地于过，称为过浇，弟弟豷封地于戈，称为戈豷。而靡趁机收容了战败的斟鄩和斟灌两兄弟的人马，落了顺水人情，还壮大了自己的实力。靡就带着这三个部落的全部兵力投奔了少康，然后就撺掇少康赶紧行动，一举灭了寒浞，为自己的爹爹和爷爷报仇雪恨。

少康并不是一个喜欢冲动的人，都等了三十几年了，还差这几天吗？少康做的第一件事，便是派自己的儿子季杼和女将军女艾到伊洛流域的过、戈以及斟鄩等地从事间谍活动。少康从小家教甚好，因此也比较重视对自己的子女的教育，他派儿子季杼从事间谍活动，便是为了锻炼他的能力，为以后继承他的大统培养能力、建立功勋、收买人心。季杼也是个好小伙儿，聪明伶俐，发明了用兽皮做的甲和兵器矛。甲便是早年的防弹衣。甲可能是从乌龟身上得到的启发，这乌龟如此重要，难怪龟鳖为夏的图腾之一。而女艾也不简单，她是我国的第一位女间谍。间谍这个行业并不是一般人能做的，这种人必须具备三高四通五能力一献身的条件：即智商高、武功高、素质高；精通任何武器、精通医术、精通易容术、精通各种语言；保持匿名的能力、敏锐的观察能力、灵活的应变能力、超强的学习能力、窃取有用情报的分辨能力；还有为了情报不惜一切代价的献身精神，总之后世的川岛芳子并不完全代表女间谍的最高成就，女艾就是一位绝顶优秀的女间谍。

善于使用谍报，使得少康知己知彼，然后就派季杼攻打戈豷，派女艾攻打过浇，削弱了寒浞的势力，再兵合一处，一举攻下了斟鄩，斩杀了寒浞。本属于他们姒家的东西终究还是回来了。

少康复国之后，不再喝酒狩猎，而是勤于政事，讲究信用，赢得了九州民心。史称少康中兴。不过，少康夺得斟鄩之后，感觉这座城市虽好，可真的像他的爷爷太康建造斟鄩城时所说的那样，斟鄩斟鄩，斟鄩水于洛，这是一个像酒壶一样的城市，亦是一个喝酒玩乐的好地方。于是，少康就搬家搬到了太康失国后居住的地方——阳夏，并在那里成就了一代伟业，他的继承者季杼也是在那里把夏国搞得天下皆知，人人拥护。

而斟鄩城的故事并没有结束，它又迎来了他的第六代主人，姒履癸，即夏桀。看来斟鄩还真是一个爱喝酒的昏君喜欢呆的地方啊！

章七 最后的疯狂

洛阳城东桃李花，飞来飞去落谁家？

洛阳女儿惜颜色，坐见落花长叹息。

今年花落颜色改，明年花开复谁在？

已见松柏摧为薪，更闻桑田变成海。

古人无复洛城东，今人还对落花风。

年年岁岁花相似，岁岁年年人不同。

寄言全盛红颜子，应怜关死白头翁。

——唐·刘希夷《代悲白头翁》

倾国倾城倾宫

话说夏的第十六代帝王姒发的时候，夏国已经没有什么威信了，诸侯都没有人把他放在眼里了，姒发的儿子姒履癸干脆一刀把他给杀了，自己坐上了老大的位子，把夏国的国都从渑池（今河南省渑池县西）又搬到了偃师二里头的斟鄩。这座过了两百多年无人问津的城市又迎来了它的生机。而且这一代的主人，更是一个喝酒好色、安于享乐的大行家。

姒履癸的谥号叫夏桀，桀的意思是凶猛。可见夏桀是一个猛男，就连他的敌人都不得不佩服，用“桀”这个生猛的字来作为他一生的总结。夏桀也确实剽悍，不但是一名优秀的斗牛士（人家斗的可是原始的野牛，西班牙人恐怕不行吧），而且夏桀双手一拉，就能把手臂粗的铜钩给捋直喽，双手一合，铜条又弯了，跟面条差不多，这膂力，恐怕只有兽化成黄熊的大禹能与之一拼。

夏桀上台后第一件事便是揍人，诸侯若是不听话、不来朝拜、不来进贡吗，揍他，揍到听话为止。他的第一个目标就是有施氏（今山东省滕县）。其实夏桀本不想大老远地跑山东揍人的，只因为他的两个手下干辛和卢弼说，有施氏的女儿妹喜不但长得国色天香，而且武艺高强，是个侠女，这太符合夏桀的口味了，于是乎，就大老远地跑来了。其实干辛和卢弼不是什么好东西，他俩本来就是夏桀走狗，所谓狗仗人势，这俩人来有施氏收租子的时候，态度蛮横，还狂征暴敛，私入己囊，有施氏的国君看不下去了，唠叨了两句算是把这俩小人给得罪了，然后俩人公报私仇，就把夏桀撺掇过来了。

夏桀凶猛，有施氏不是对手，为了全族的太平安康，只好让女儿妹喜牺牲小我，跟夏桀回到了斟鄩。妹喜跟夏桀走是别有目的的，她的目的就是要搞臭夏桀，搞垮夏国。

妹喜来到斟鄩之后，便不住地埋怨，不是这里太脏，就是那里太旧，这哪是人住的地方。夏桀宠爱妹喜，说只要爱妃高兴，咱去天上摘星星都成。于是便下令建造了一个宫殿，这个宫殿建的，那家伙，是相当的富丽堂皇，而且当真高耸入云，别说摘星星，站在宫顶亲星星都成。从近处看不到顶，从远处看跟快要倾倒似的，因此称之为倾宫。意大利的比萨斜塔和它一比，可以安然地倒塌了。在这座倾宫上，什么旋转餐厅啊，总统套房啊，空中花园啊，等等样样俱全。这个宫殿内有琼室瑶台，象牙嵌的走廊，白玉雕的龙床，夜明珠做的宫灯，珍珠玛瑙装修的墙，就连厕所的坐便和刷马桶的刷子都是最不值钱的黄金铸成的。与之一比，中国最大的走私嫌犯赖昌星当年盖的“红楼”算什么呀，一个词：俗不可耐；伊拉克前帝王式总统萨达姆的总统府又算什么呀，一个词：没有品位。

都豪华成这样了，妹喜住几天还埋怨，金窝银窝比不上自己的狗窝嘛。妹喜想家了，不怕，夏桀便令人把有施国的房屋样式，通通建造出来，供她参观游玩。说实话，夏桀真有才，这山寨版的有施国建成之后，妹喜还真以为自己又回到了自己的家乡了呢，她可以坐在村头的大青石上看落日，还可以爬上自己家后院的李子树上摘青李，当真欢乐。

夏桀还挨家挨户搜集美女到倾宫唱歌跳舞开演唱会。开演唱会少不得各种各样的演唱会服装啊，那有什么难的，有人民造嘛。有时候，妹喜又心血来潮，想听听裂帛的声音，就是把高档的布料撕破发出的声音，这跟后世某些人喜欢听摔瓷器的声音，喜欢听数人民币的声音一样，是个比较变态的心理疾病。夏桀的意思呢，就是不怕你喜欢什么，就怕你想不到喜欢什么。于是，就拉着几吨上好的丝帛，找几个大力士，没事就裂帛听声音，有钱人玩的就是不一样。

就这种豪华的程度，败家的速度，老百姓们伤不起啊！妹喜本不是一个奢华的人，她有时候也感到不好意思，便弱弱地问一句："咱家的钱够吗？老百姓出得起吗？"夏桀就拍拍胸口，骄傲地说："看见那天上的太阳了吗？我有百姓就像天有太阳一般。太阳会灭亡吗？哪一天太阳灭亡了，我才有可能灭亡。"当然，那时候的老百姓其实整天也没啥娱乐活动，除了自己的本职工作以外，就是喝酒和吹牛。照这样说，全国的百姓去织布、打猎、采珠、挖玉、种田，供给一个倾宫的花销，看似是可行的，但是当时条件艰苦，工具简陋，再加上所需的都是不可再生的消耗品，十年挖的玉还不够他一间屋子的装修，死了成百上千的采珠人也不可够装修一面墙，更别说高级面料不做衣服，改听裂帛之声了。从此，天下百姓悲催了，但是他们的娱乐活动也多了一项，便是整天仰头四十五度，对着太阳说："太阳啊太阳，你啥时候才能灭亡呢？我愿意跟你一起死。"

做完这些还不够，夏桀在宫殿里修了个更好玩的东西：酒池。并且把酒糟堆起来，弄得跟个大迷宫似的。酒池修得很大，可以泛舟。而各种下酒菜也堆得到处都是。在这里，随便找个地方一躺，仰头即食，低头即饮，伸手就是光溜溜的美女，可以随心所欲。童话里的面包城、牛奶城已经变成现实，一切都不是梦。

2 贤臣远恶　直臣死谏

做得太过分了，有人看不下去了。第一个站出来的是太史令终古。终古到倾宫找夏桀，老头不是没见过世面，可活了快一个世纪了，也没见过如此豪华的宫殿，如此有创意的酒池，在里面走了大半天，竟然迷路了。还是一位光溜溜的美女，看他老态龙钟的，肯定不是来找乐子逍遥的，才把他领到了酒池的中心地带。在那儿，夏桀和妹喜酒正喝到酣处，还有些少儿不宜的镜头出现，老头赶紧闭上眼，跪在地上低着头不敢看。终于等到夏桀完事了，看见地上跪一老头儿，一看是太史令终古，便说："哎哟喂，想不到太史令一大把年龄了，也到我这宝地儿玩一把啊？怎么样？还不错吧？您老的身子骨能受得了这里的销魂不？哈哈哈哈。"

这时候，老终古做了一个惊人的举动。老头儿突然放声大哭，声音之响亮，把酒池中的男男女女们吓了一大跳，不约而同地朝这边看过来，老头边哭边说："老大啊，你也是文武双全，你看那史书中记载的帝王，只有爱惜民力的，老百姓才挺他，拥戴他；而那些不惜民力，穷奢极欲的，都被百姓推翻了，还千古唾弃。老大，咱玩得也差不多了，该收手时就收手吧！"在这么多人面前，教训了自己的上司，你让老板的颜面何存？再说夏桀这样活得多开心，怎么可能听进去什么忠言呢？

夏桀脸一黑，说道："老太史一大把年龄了，还是回去做好你该做的，其他的事还是少管为好。你下去吧！"终古继续道："老大，老大啊，好歹我也是三代老臣，你爹还让我三分，你，你就听我一言吧……"夏桀不耐烦，指着一人道："你，把老头儿赶出去。"那人赶紧把衣服穿上，道："诺！"便把老太史令拉走了。夏桀气呼呼道："老头儿教训我，还把我爹拉上，他不知道是我宰了那个老不死的吗？真扫兴！"妹喜赶紧弄杯酒，献上道："咱继续喝咱的美酒，怎么能让老头儿破坏了咱们的兴致呢？来，臣妾喂你……"

老终古回家之后做的第一件事，便是收拾好东西，听说东边的商汤礼贤下士，爱民如子，便连夜识时务地跳槽到汤那里去了。

第二个看不惯站出来指责夏桀的是关家的老祖宗关龙逢。老关也是老臣，又是天下皆知的贤臣，说话比较直，直接对夏桀说："老大，你现在整天生活奢华，天下百姓都养不起你了，你还嗜杀成性，大家竟然都盼着你赶紧灭亡。老大，你怎么还不反省反省呢？"这话放谁身上谁都受不了，但是夏桀没有为难他，也不搭理他，老关就使用黏字诀，赖在夏桀家里不走，而且干啥都跟着。这哪儿成，夏桀身边美女无数，尤其是天下第一美女妹喜在侧，办个什么事旁边站一人，多不方便啊！夏桀恼了，还是耐着性子，带关龙逢到自己给罪人实施炮烙之刑的刑场。

炮烙之刑其实是一种很简单的刑具。夏朝，我国青铜铸造业甚是发达。夏初，大禹就收天下之铜铸九鼎，而且把九州的军事地形图铸在鼎上，以此来威慑九州。其实炮烙之刑就是铸造一根合抱粗的大铜柱，表面刻好花纹，然后平放在一个大坑上像一座桥，而坑里燃上炭火，铜柱烤得红红的，上边时不时撒点润滑油什么的。行刑的时候就让犯人光着脚从铜柱上走过，听着犯人的惨叫，闻着铁板烤肉的味道，看着时不时掉火坑里燃烧的场面，夏桀真是要多爽有多爽。

夏桀就把关龙逢带到行刑现场，俩人听着犯人痛苦的惨叫，看着犯人被烧成灰烬。夏桀问："观看这种刑法，爽不爽？"关龙逢："爽得很。"夏桀看了他一眼："噢？爽得很？你有没有人性？"关龙逢道："你如此惨无人道，百姓终会被你逼反的，到时候你恐怕就该灭亡了。你说知道你死了，是不是爽得很？"夏桀笑笑道："说得好啊，可惜你看不到了，现在你就去爽一把吧！"说完，把关龙逢送上了炮烙的铜柱。可怜的老关，嘴是痛快了，却落得个灰飞烟灭的下场。

章八 商汤建都西亳

风起洛阳东，香过洛阳西。

公子长夜醉，不闻子规啼。

——唐·曹邺《四望楼》

 “网开一面”网住了伊尹

话说夏桀这边整天腐败奢华，而东边的商部落开始壮大了。尤其是汤当上领导之后。

汤是一位好同志。用一个成语来说明汤是个好同志，就是“网开三面”，又叫“网开一面”。

话说有一天，汤饭后去树林里遛弯儿，看见一人在打猎，在四面八方都围上网，然后开始跪下给山神老爷磕头，道：“山神大老爷哟，我上有八十岁的老母，下有八十天的孩子，全家几口都指

望着我今天的猎物开锅吃饭呢，希望山神大老爷能让天上飞的，地上跑的都从四面八方乖乖地跑到我的网里，我代表全家给您老磕头喽！”汤正好听见，便对那人说：“老哥哥哟，打猎不能这样打，竭泽而渔则无鱼，要坚持可持续发展的生态战略，给子孙后代留一条后路啊！你这样跟当今的夏王有什么分别呢？”说完，把四面的网拆掉了三面，然后对山神道：“山神大老爷，小的们不懂事，请您见谅。我这网只网那些不听话的坏东西，希望您老成全。”话一落地，一大堆动物哗哗地就奔网里了。

由此可见，此人已经具备了政治家善于逢迎上司（山神）、善于笼络群众、善于伪装自己的三大品质。但若是想成就霸业，当上全国的老大，恐怕还缺少大智慧、大谋略。一个优秀的领导者是善于收他人的智慧为己用的。

这不，他遇见了自己的智囊——伊尹。

伊尹算是一个传奇人物，他是洛阳人。他的母亲本是伊河上游的一名奴隶，在劳动中与另一名男奴隶自由恋爱，私订终身，有了身孕，可惜之后那男的认怂不敢承认，伊尹妈只好一个人忍受着别人的白眼和非议艰苦度日。

有一天夜里，伊尹妈梦见一个人（很可能是耶稣）对他说：“明天会从石头里发大水，你赶紧往西跑，记住了千万不能回头。”第二天，石头里果然发大水，伊尹妈告诉村里人，可别人都不相信，她只好一个人往西跑，已经跑出村子的范围了，来到了今天洛阳嵩县的空桑涧，早已听不见身后大水的哗哗声和人们的惨叫声，她是一个用情专一的好女子，这会儿想起了孩儿他爹，便忘记了耶稣的警告，回头看了一眼，这一眼不当紧，瞬间她便化成了一株桑树，而一个小娃儿就诞生在桑树的树洞里。

这一天，恰好有莘氏部落首领的女儿来空桑采桑，听见有婴儿的哭声，便找到了他，看小孩儿哭声响亮，又精神又可爱的，就带回了家做奴隶。作为一名奴隶是不可能有名姓的，什么阿三阿四阿猫阿狗一个代号就可以了，因为他是在伊河边上捡到的，便叫他阿伊。

三十多年后，阿伊成才了，是一名顶级厨师。这个职业确实不简单，杜康干过，少康干过，后来又有姜子牙、易牙、太和公等人干过，都是一代名人，可见当时厨师的手艺是掌握在少数人手里的，是垄断专业。

2　从奴隶到宰相

话说汤和有莘氏联姻的时候，阿伊便自荐为陪嫁人员来到了商部落，因擅长厨技被安排在御膳房。阿伊是很有心计很有才能的人，为了能让汤记住他，他有时候把饭做得特别好吃，让汤欲罢不能，有时候又把饭做得极其难吃，呕吐连连。于是汤便召见了他，问他怎么回事，然后他便说出了以下一番精妙的烹调理论。也正是这番理论，让他坐上了商右相的位子，还让他开了饮食的先河，成为厨子的祖师爷，还名列古代十大名厨的行列。

阿伊是背着自己做饭的锅（鼎）和炒勺去的，他一边翻着锅里煮的肉一边说：老大你应该吃过不少美味，这鱼鳖虾蟹等生活在水里，气味较腥；这鹰雕虎犬等食肉动物，气味较臊；这牛羊兔鹿等食草动物，气味较膻。把各种肉类做成美味佳肴的关键便是去腥、灭臊、除膻，要达到这个目的，最最关键的便是把握好火候，什么时候用文火，什么时候用武火，什么时候用中火，便可巧妙地驱除各种肉类本身携带的异味。这便是伊尹的火候论。

他继续说：火候掌握好了，接下来便是调料，我们有酸甜苦辣咸五种调味品，这放调料的先后次序，放的多少，也是很有讲究的，要根据做菜的材料、品质、特性等等而定。这便是伊尹的五味调和说。

他然后说：只有把握好了火候和调料的精妙搭配，才能做出久而不败、熟而不烂、甜而不过、酸而不烈、咸而不涩、辛而不辣、淡而不寡、肥而不腻的美味佳肴来。这便是中国最早的烹调理论，后代厨子的烹调技术都由此而发展。

如果他的话题仅停留在这里，当然最多可能当个御厨总监，可是，他话锋一转，最后说：其实治理国家就跟我们做菜是一个道理。（他真是三句不离老本行。）就比如现在我们要对付夏王，夏国是大国，好比肉糙味臊的狼肉，我们不能一味地用大火武火猛煮猛炖，那样做出来的肉只会更糙更难吃，相反，我们应该用文火慢炖，一点一点地去征服它的盟国，剪除它的羽翼，再用仁德去收买他的人心，孤立它的国王，这样还愁打不赢他吗？而对于他的盟国来说，不同的国家用不同的方法，该送糖豆收买的送糖豆，不收糖豆的送石头，然后再送糖豆，实在冥顽不灵的，一举发兵灭了他。这样，万事不就大吉了吗？（这大概就是老子说的“治大国如烹小鲜”的出处吧。）

这一番话下来，汤算是彻底心服了：我整天想找一个能力超群的辅佐贤臣，这不正好现成的吗？商部落的右相就是你了。

伊尹一下子就从厨子变成了右相（有右相肯定有左相，左相是仲虺〈huǐ〉，出身奴隶主贵族，可见伊尹的人生“转身”是多么“华丽”），右相就是有身份有地位的人了，不能再叫阿伊了，便取名为尹，尹就是管理的意思，正好符合身份。伊尹就这样练成了。也由此可以看出，大凡伟大而成功的领导人如商汤，都是那种敢于破格重用人才的人。

3 三招灭夏

伊尹上台之后，主要干了三件事，便把夏给灭亡了。

第一件：搬家。

商是一个喜欢搬家的部族，在汤灭夏之前搬了八次，灭夏后搬了五次。而汤灭夏前后，都把都城叫作“亳”，并不是这个字有什么特殊的含义，这个字的意思就叫“老家”。伊尹之前，汤的老家在北亳（今河南省濮阳、浚县一带），伊尹上台了，说：“老大，挪挪窝儿吧，离斟鄩越近，就可以更好地了解夏王的动向，更好地了解敌人。”汤就把老家从北亳迁到了南亳（今河南省郑州市的商城遗址）。等灭了夏，又搬到了西亳，即偃师的尸乡沟，这是后话。为什么要搬到南亳呢？前文不是说斟鄩城三面环水易守难攻吗，环水的三面便是西北南，恰恰东面没有水，而南亳正好在斟鄩的东边。而且南亳距离斟鄩也就三四百里，骑匹马不用半天就到了。

话说汤把老家搬到南亳之后，夏桀不愿意了，先把汤叫到跟前，一把揪住他的衣领，轻轻松松地就把汤举过了头顶，问道：“你小子活得不耐烦了，你把你家房子盖得离我家那么近，你想找死吗？”汤能当领导确实不是盖的，在那样的情况下，不但没有吓得尿裤子，还镇定自若地说："老大，我这不是为了能和您更加亲近嘛，再说了，给您上贡也方便啊！"夏桀还是不放心，就把汤给软禁起来了，禁在钧台（今河南省禹县境内）。

伊尹知道这件事后，反倒笑着安慰着急的众人说："不怕，这不没杀我们老大吗，那就证明夏王对我们搬家这事睁一只眼闭一只眼了，人抓起来救出来不就没事了？"事实证明，伊尹还真是块当官的料。夏桀不是喜欢美女吗，弄两车皮给送过去。什么？你说送不过去？把土特产、珠子、美玉都弄两车皮，上下一打点，这美女珠宝不都送到夏桀面前了，令人满意的礼物一送到，汤自然也就给放回来了。事后，伊尹对众人说："不怕当官的，就怕当官的没爱好。"

第二件：谍报。

伊尹不但是个厨子，还是个优秀的谍报人员。做间谍是个危险的任务，为了能够完成任务，伊尹亲自上阵。

去夏国必须受到夏桀的信任才可能进入高层，那样才能获得更多的有价值的情报。为了演得逼真，老汤亲自追杀伊尹，还射了他一箭。伊尹是带着身上的箭面见夏桀的。夏桀问："你不是老汤家的大管家吗，怎么被老汤追杀？"伊尹充分地发挥了他的表演天赋，他恨恨地说："老汤这人太小气了，想想这么多年，我帮助他收买人心，伺候他的饮食，大王您关押他的时候，还是我救他出来的，可现在我不就看上他的一个小妾嘛，女人如衣服，我这么多年的功劳苦劳连一件旧衣服都不值？你说你不愿给也就罢了，还要杀我，真是太不地道了。当初跟他真是瞎了眼了我。"夏桀一听，哈哈笑道："想不到伊老弟同是性情中人，也算伊老弟识时务，来到我这里，金钱美女任你挑，不必客气。"伊尹道："大王如此厚爱，伊尹肝脑涂地定当报答。"然后，他就留下了。

单靠一个人的力量是不行的，他瞄准了自己合作伙伴：妹喜。妹喜本来就是作为一名间谍潜伏到夏国，目的就是搞垮夏国。妹喜趁着自己年轻貌美的时候，让夏桀干了不少劳民伤财的事，搞得天下天怒人怨，连伊洛河水都干枯了（这事后来成为汤伐桀时的动员令之一，商人是一个宗教信仰极重的部族，上天、鬼神、祖宗无不虔诚膜拜，因此，把伊洛河干作为上天亡夏的重要启示。不过，等汤灭夏建商的时候，天下大旱七年，就是另一种说法了）。可如今，自己老了，朱颜辞镜花辞树，在只好美色的夏桀眼中，如今的妹喜连一件破衣服都算不上了。更何况，夏桀已经又有了两名新欢，琬和琰。

伊尹找到她，说明来意，妹喜一听是为了颠覆夏国，那不正是自己的愿望吗？俩人一拍即合，开始合作。妹喜作为“内间”，出入夏氏集团的高层，把集团内部的高级机密一点点地带给伊尹，再由伊尹整理、分析，把情报带回汤的手里。

就这样，伊尹和妹喜两大强人合作，整整三年，夏国的一切政治机密、商业秘密等等高机秘密都被俩人掌握，并送到老汤手里。然后，伊尹便从夏国消失了。

就这样，老汤对夏国的了解比对自己家的后厨了解得都清楚。灭夏的时刻终于到来了。

第三件：征战。

伊尹从夏国回来之后，正式开始灭夏之战。

灭夏的方针政策还是伊尹的那一套烹调理论，对于不同的部落采取不同的策略，对夏国的盟国、附属国，只要是同样对夏桀心存不满的，便送糖豆要求签约联盟，对于夏国的铁杆支持者，还是送糖豆，那些只吃糖豆却不愿签约的一举灭掉。

就这样，经过大大小小十一次战争，先后灭掉韦国、顾国、昆吾国等，夏国就只剩下斟鄩城的夏桀一个人了。最后，在鸣条（今山西省安邑县西）两人来了一场终极的PK（决赛）。那一天，雷声阵阵，大雨倾盆，战场虽然广大却一点也不血腥，因为夏桀的军队面对商汤的军队时，都纷纷地逃命去了。纵然夏桀膂力过人，武功高强，但双拳难敌四手，自己再牛也抵不住千万人的车轮战，累也累死了，夏老大也只能认栽，独自逃命去了。老汤不愿破坏自己仁德的好名声，便随他去了，但放出话来，说把姒履癸放逐到南巢（今安徽省巢县）去了。

就这样，汤成了天下的共主。之后，老汤又搬家了，把老家从南亳搬到了斟鄩城东边的尸乡沟，也叫亳，史称西亳。老汤搬家搬到西亳，一是看中了这片好地方，二是为了看住夏朝的这帮遗民，让他们都老老实实呆着别捣乱。

如今这西亳城遗址，便是“五都荟洛”中的第二个古都遗址。

4 依法治国

老汤在西亳建都之后，便琢磨着如何才能让老百姓过上安居乐业的好日子。他想起了大禹，大禹不是颁行过九章大法吗，算是依法治国的先驱，老汤觉得这“法”是个好玩意儿。

古体的“法”字写作“灋”，由一个“水”字，一个“廌”（zhì）字和一个“去”字构成。“水”的意思便是法律、法度公平如水，“廌”是一种上古的神兽，头上有一只角，这玩意儿能够辨别是非曲直，“去”字的意思便是，只要你做错事了违背了法律，“廌”兽便会用自己头上的角去碰你；另有犯了法便要去除的意思。这廌兽确实神奇，谁犯了法一碰一个准，哪怕你杀人时候没有一个目击证人，你不用说一句话，心不动身不动，你还是这只“廌”兽的主人，它都会毫不犹豫、丝毫不差地从百十号人中把你揪出来。这实在是法治国家应该必备的一种神兽，比美国的大法官还牛。当年的皋陶能够成为大夏国的第一代大法官，就是因为他养有一只宠物廌兽，帮他断案如神。

于是，老汤便在西亳和伊尹一起研究、修正、颁行了两部国家的基本法《汤刑》、《明居》。这里面的刑法都是很吓人的，如醢（hǎi）刑，即把人捣成肉酱，据说，纣王把九侯捣成肉酱，姬昌的儿子伯邑考就是被捣成肉酱做成肉饼让他爹姬昌吃了，回国后吐出来一只兔子，便下令全国不能杀兔子；脯（fǔ）刑，即把人晒成肉干，据说，纣王把鄂侯晒成肉干，他的后人便南迁至湖北，才有了后来湖北省鄂的简称；以及墨刑，即脸上刻字，据说，狄青、宋江受过；劓（yì）刑，即割掉鼻子，据说，秦孝公的哥哥嬴虔受过；刖（yuè）刑，又叫膑刑，即砍掉双足，据说，孙膑受过；还有宫刑，即阉掉生殖器官，据说司马迁受过。诸如此类，都是惨无人道惨绝人寰惨不忍睹的酷刑。在这样严刑峻法的威慑下，国家机器安全运转，百姓们也都老老实实地生活。

顺便说一句，汤刑有三百多条，而其中最重的是“不孝”罪。孝文化是我国传统文化的重要组成部分，孝作为我国古人立身之本、家庭和睦之本、治国安民之本，甚至是人类延续之本的滥觞便在于此。

但再严的刑罚，也挡不住天命的“刑法”，老汤在位十三年便去世了。

5 “偃师”的“来头”

商人除了喜欢搬家，造了汤刑之外，他们最喜欢的活动还是宗教信仰。

宗教的祭祀活动极其重要，外出打猎前，都得先占卜、祭山神。上文中说到的汤灭夏大旱七年，解决的办法便是汤带领董事会成员开坛祭天祈雨。后世著名的殷墟甲骨文便是商人占卜的卜辞。而商人的神职人员众多，有贞人：主持王室占卜事务；舞臣：祭祀求雨；作册：掌管典册之事和册命，还有巫、史等。这些神职人员就是最早的“儒”（儒家的儒），他们掌握大量的知识，以及许多关于祭祀、婚丧嫁娶的仪式、宫廷的秘密等等，但是他们地位低下，不得不看奴隶主贵族的脸色行事，因此“儒”的意思就是“柔”，又同于“懦”（懦弱的懦）。

等商灭亡后，这些神职人员流落民间，为了生存，不得已靠出卖自己的知识为生，甚至在乡里乡村帮人主持婚嫁，办理丧葬，有点像基督教的牧师。当然也有一些混得好的，在朝中当官、做公务员（胡适之先生的理论）。等到了春秋时期，鲁国的孔夫子便是一位“儒”，他说“我们要做君子儒（即朝中当官、做公务员），不做小人儒（即流落民间为人民主持婚丧嫁娶）。”

关于君子儒小人儒的说法，三国时期的铁嘴诸葛亮也发表过演说：“儒有君子小人之别。君子之儒，忠君爱国，守正恶邪，务使泽及当时，名留后世。若夫小人之儒，惟务雕虫，专工翰墨，青春作赋，皓首穷经；笔下虽有千言，胸中实无一策。”诸葛亮怕别人不懂他的意思，便举了个例子接着说："且如扬雄以文章名世，而屈身事莽，不免投阁而死，此所谓小人之儒也；虽日赋万言，亦何取哉！"简而言之，为国家做大事便是君子儒；只知道研究课题、写论文发报告就是小人儒。

而当时的孔夫子，主要任务不是去区别什么是小人儒，什么是君子儒，而是抓住有生之年把"儒"的人员以及教义整吧整吧，来个修正主义，其最主要的工作就是歌功颂德或者批评议论，也就是给过去式的人或事戴帽子，正式成立了儒家教派，成为一方大佬。千万不要小看戴帽子这个工作，哪个先人都不愿意自己的短处被后人嘲笑，哪个先人后人都虚荣，想有个生前身后名，戴帽子这件事无疑就是一根鞭子，古人今人尤其是坐在高位上的人，都不得不多多少少克制自己多余的欲望，不能让那些"儒"们抓到自己的把柄，给戴个绿帽子、臭帽子、黑帽子什么的，那就丢人丢大发了，不仅丑了当时人，还丑了后来人，甚至遗臭千万年。而老夫子为了徒子徒孙们能够永久地当一名五谷不分、四体不勤的公务员，便编写了一本为官谋略的书《春秋》，编完《春秋》后又怕把官场搅得太黑暗，便又编写了《孝经》，以便多培养君子儒（李白的老师赵蕤的观点）。这差不多便是中国儒家学派的早期源头。跑题完毕。

老汤去世之后，又有太丁、外丙、仲壬、太甲、沃丁、太庚、小甲、雍己、太戊、仲丁等六代十一王住在西亳。仲丁元年，自亳迁都于嚣（今河南省郑州市附近，一说今河南省荥阳市东北）。再往后，又有河亶（dǎn）甲迁都于相（今河南省内黄县境内），祖乙迁都于邢（今河北省邢台市）等等，直到第二十个王盘庚搬到了殷（今河南省安阳市，著名的殷墟、甲骨文所在地），停留了较长时间，二百七十多年，最后商朝的倒数第二个王帝乙末年，又搬到了朝歌（今河南省卫辉市），之后，商纣王在朝歌翻云覆雨五十余年。

老汤死后，伊尹显然就是老大了，他是个护法派，经历了商汤、商代王（太丁，在位一年）、商哀王（外丙，在位三年）、商懿王（中壬，在位四年）四王后，到了商太宗（太甲）上台，太宗不喜欢法律，他就把太宗软禁在梅宫（今河南省偃师市西部）面壁思过，并且派了个法学博士教他背诵法典，学习法律，而伊尹则延续他从代王到懿王的摄政地位，直到三年后太宗法律专业毕业拿到了博士学位才还政给太宗。

等到六百年后，周武王拉上八百个合伙人一起坑死了商纣王之后，达成愿望的周武王便有了成功后的喜悦和喜悦后的空虚，心里顿时松懈，想起自己家里的老婆孩子热炕头，心中顿生归意，便下令说："小的们这些天跟着我辛苦了，前边就是西亳了，咱们到了那儿，就息偃戎师，让马在南山随便跑，咱们只管喝喝酒，唱唱歌，打打麻将，斗斗地主，好好地嗨皮嗨皮（Happy，"高兴"的英文音译），怎么样啊？"大家伙儿一听，乐了，山呼万岁，把山里的老虎都吓跑了。

就这样，"偃师"这个名字就诞生了，并且沿用至今。

章九 从"劳改场"到"王城"

鸣笳从此去，行见洛阳宫。

——唐·李隆基《途次陕州》

1 武王伐纣立周

那是公元前1046年的一天，大约在春季。周武王姬发率领八百诸侯的联合部队来到牧野，距离殷商国都朝歌城仅仅只有七十里。武王升起幕府，搭建阅兵台，举行誓师大会。

大会进行第一项，响起军乐；大会进行第二项，杀猪宰牛祭祀天地；大会进行第三项，领导讲话……

武王登上阅兵台，看看台下的盟军将士，心里偷着乐却一脸严肃地对着苍天痛陈殷纣王的十大罪证。武王的一番"代天伐无道"的话，说得是义正词严，慷慨激昂；把殷纣王骂得是人神共愤，禽兽不如；众人听得是群情激奋，热血沸腾，恨不得自己长了翅膀飞到朝歌城，逮住商纣王，摁在地上，狠狠地踩上十万八千脚，然后寝其皮，食其肉，饮其血，敲其骨，吸其髓，才解其恨。等大会进行到最后一项战前犒赏时，每个人都抱着对纣王无比的恨，无比惬意地多吃了几块肉，多饮了几碗酒。

说实在的，武王很不厚道。他怕打不过纣王，之前在孟津搞了一个超大型派对，邀请了八百路诸侯的高层人物，好吃好喝，星级待遇，美女招待，撺掇大家伙儿一起推翻上司。不过，就这阵势他们仍然心里没底，就趁着纣王的大军远在东方和东夷人（差不多相当于外国人）干仗，国内空虚的当儿，在背后插了温柔的一刀，在后院点了热烈的一把火。

当时商纣王正抱着自己的爱妃苏妲已在鹿台上吃着美酒还听着歌儿，突然听说西伯侯的儿子造反了，已经快兵临城下了。纣王一听，急了。擂鼓，列兵。可城内尽是老弱病残幼，兵器倒是堆满了武库。纣王和老臣一合计，得，大军是调不回来了，干脆就把城内的奴隶和俘虏聚集起来，告诉他们等这场仗打赢了，你们就自由了。于是一人发一支兵器，凑合着上战场吧，反正谁当炮灰不是当啊！

可没想到的是，这些奴隶和俘虏刚一上战场，不知是被武王的演讲给唬住了，还是压抑在自己内心多年的血性激发了，纷纷倒戈，还引着武王的军队杀回了朝歌城。

纣王一看，坏了，这些人定是恨我恨到骨子里了，与其在他们手里生不如死，还不如痛快一死，最起码还有那么一些尊严和快意。于是乎，就在鹿台上焚了一把火，大笑着连同自己的酒池肉林一起到地狱独自享受去了。

朝歌城破，纣王自杀，殷商灭亡，大周国立。

伯夷叔齐的妇人之仁

对武王伐纣建周这件事儿，且不说后人和今人如何评价，当时就有人表示武王这件事做得龌龊，卑鄙无耻。其中最著名的就属伯夷和叔齐两兄弟了。此二人本是孤竹国的皇家子弟，标准的贵二代，本姓墨胎，伯夷名允，字公信，是老大为“伯”，“夷”是谥号。叔齐名智，字公达，是老三为“叔”，“齐”也是谥号。孤竹君本把王位传给了老三，老三不愿意干，撂挑子了，抛给了老大，老大也不愿意干，甩给了老二。俩人的理由惊人的一致，竟都是因为不满当时商纣王的暴政，才隐居渤海之滨的。

远在西方的周文王姬昌广告做得好极了，把自己孝顺仁德的名号宣传得天下皆知，好似尧舜禹在世一般，连隐居渤海之滨的二老都不得不听说了，俩人一拍即合，觉得追寻尧舜禹这样的老大不正是自己永恒的理想吗？同去。

真是不巧，俩人骑牛催驴，紧赶慢赶也没赶上趟，刚到西岐城，发现文王死了，武王继位，正拉着文王的棺材准备杀奔朝歌城呢。武王没空招待二老，又不能败了广告中礼贤下士的名声，就让周公姬旦好好安排。周公旦一点不含糊，二话不说就按照才能的大小给俩人安排了二等的俸禄和相应的官职。俩人相顾一笑，拽着武王准备离去的马缰绳道：“哥们儿本是皇家子弟，不差钱儿，来你们这儿是听说了西伯侯高尚的仁道。但是，我们却看见父亲死了不埋葬，却发动起战争，这叫做孝吗？身为商的臣子却要弑杀君主，这叫做仁吗？骗子，都是骗子。想不到虚假广告如此猖獗啊，太令哥们儿失望了。”

武王怒火中烧，准备一刀砍了他们，姜子牙是个和事佬，就出来和稀泥，道：“老大息怒，我们的广告是收天下人才为已用。他们虽不是人才却也有几分名声，咱要是杀了他，岂不是自毁招牌，还成全了他们的名声吗？赔本的买卖咱不干，这种小人物不杀也罢，成不了气候。”周武王一想也对，现在的主要任务是伐纣，犯不上跟俩棒槌怄气，便随他们去了。

伯夷叔齐哥俩儿带着自己的骄傲离开了。为了不与这帮乱臣贼子为伍，就隐居在洛阳西边偃师市境内的首阳山，发誓不食周粟，靠野菜野味为生，纯天然无污染，安全健康，本想着做个农夫，喝着山泉，有野味儿不用要田，便能活个百八十岁儿。结果一砍柴大婶看不下去了，也不知道是因为这哥俩儿偷挖了她家的野菜，还是觉得俩大男人整天不务正业，尽扯些没用的，浪费了大自然赐予的粮食。这位大婶对伯夷叔齐说：“你们不是整天瞎嚷嚷，自命清高的说不食周粟吗？难道这首阳山不是大周的地界？难道这山上的野菜野味不是大周天下的粮食？”

俩人儿一听，坏了，以前脑子一热没考虑周全，说话不严谨，这不是搬石头砸自己的脚吗？可又没法子辩驳，俩人儿只能瞪着眼前的野菜野味可劲地咽口水而不能吃，就这样一直坚持了七天（专家说人不吃饭不喝水最多能坚持七天，从伯夷叔齐的例子来看，专家也有蒙对的时候），终于不行了，临死前还嘴硬，说周用残暴代替残暴，蹦跶不了几天的。真是煮熟的鸭子就嘴硬，临死还不知错在自己，真是愚不可及。

由此得出一个道理：自己退出娱乐圈之前，别放出那些高调又不着调的话，弄得满世界皆知，到最后想改也改不了了，这不是明显自己给自己设套，把自己往绝路上逼嘛！

这俩人死后被孔夫子及其徒子徒孙们尊为："仁"、"圣"。这封号可不低，也充分地说明了孔夫子是肯定斯人斯事的。然而文王、武王和周公却是孔夫子的巅峰偶像，这俩人分明是骂了自己的偶像还被尊为偶像，这不是自己打自己的脸吗？不过也说明了孔家就事论事的优点。或许因为孔子的抬举，至今首阳山上还保留着伯夷叔齐的墓。

3 天下之中在洛阳

作为孔夫子的偶像，武王确实不算太坏，充分地展示了自己的宽宏大度和人性化，并没有把殷商的奴隶主贵族和皇室后裔赶尽杀绝，而是把他们全部都集合起来，取个名字叫"顽民"，像羊一样都圈养在一个地方，这个地方叫雒（luò，洛的古体字）邑，就是今天的洛阳。

这个圈养"顽民"的小城建立之后，武王亲自去溜达了一圈，认为这个城市选址还真不错，北有山——邙山，南有阙——伊阙，东西有关——虎牢关和函谷关），中有河——洛水和黄河，土地肥沃，良田万顷。好地方，真是好地方啊！

武王回去之后，悄悄地在心里比较了一番。这一比较不当紧，他发现自己堂堂的帝都镐京城还没有圈养"顽民"的小城位置好。于是，我们伟大的武王失眠了，从此夜不能寐，一闭眼就想起自己的龙床还比不上一个羊圈，搁谁都睡不着啊，没过多长时间，武王就在这样的遗憾中含恨而终，死不瞑目。

武王崩，成王立。

成王姬诵是个好孩子，他知道自己的父王是为什么而死的。他明白父王一方面是嫉妒雒邑的风水好，另一方面他为自己的国家担忧。镐京城太偏西，不利于对整个国家进行操控，而雒邑却可以。于是他下令让自己的叔父周公姬旦和召公姬奭（shì，盛大众多）作为正副工程师兼包工头营建雒邑城，完成父王未说出的心愿，以慰父王的在天之灵。

这个雒邑的“雒”字，大有讲究。周公用一种叫做“土圭”的简陋仪器，于夏至日测量日影，测出雒邑居于“天下之中”，也因此，洛阳有中国、中华等称号。雒邑的雒字，左边是一个骆驼的“骆”字的左边，而右边是个“隹”（zhuī，短尾鸟）字，这个字与“鸟”同源。骆驼是西北干旱沙漠地带特有的动物，可代表西方。而鸟则多居于水边或海边，黄帝之后，东方海滨有东夷部落，首领少昊有人说此子为五帝之一，此部落以鸟为图腾，就连各种官职都以鸟名名之。《左传·昭公十七年》记载：“我高祖少皞挚之立也，凤鸟适至，故纪于鸟，为鸟师而鸟名。凤鸟氏，历正也；玄鸟氏，司分者也；伯赵氏，司至者也；青鸟氏、司启者也；丹鸟氏，司闭者也。祝鸠氏，司徒也；鴡鸠氏，司马也；鸤鸠氏，司空也；爽鸠氏，司寇也；鹘鸠氏、司事也；五鸠，鸠民者也。五雉的五工正、利器用、正度量、夷民者也。九扈，为九农正、扈民无谣者也。”故此，鸟可代表东方。这个“雒”字也就简单明了地说明了雒邑居于东西部的结合部，即天下之中。

当然，从如今科学的眼光来分析一下，洛阳正位于黑河腾冲这条国家东西分界线的中间；又处于国家地势的第二第三阶梯的交接地带，算得上国家的中心地带。从气候来说，洛阳大部分属于暖温带大陆性季风气候，春风夏雨，秋凉冬雪，四季分明。年平均气温在14℃左右，年均降水达到600毫米。光照充足，严寒时间段，无霜期达到250天以上。比同纬度的西安湿润，另有北邙山这块风水宝地作为帝王将相的阴宅，所以这里更为适合做国都。

当周公发现雒邑居于天下之中这个秘密之后，他觉得雒邑确实是营建王城的绝好佳地。于是，祭拜天神，龟甲占卜，终于在伊洛盆地中心的涧水和洛水的交汇处发现了建城的好地方，而且有两个：涧河以东瀍（chán）河以西是个好地方；瀍河以东也是个好地方。该如何取舍呢？经过抓阄，周公选择了涧河以东瀍河以西这个地方。于是，在某一个良辰吉日，以太牢祭天、祭地、祭土地神，开始破土动工，营建王城。

刚施工没多久，武庚之乱爆发了，周公不得不停下手中的活儿，率领洛阳的驻军成周八师去平乱。三年后，战争结束。应该感谢这场战争，因为这场战争让周公决定在瀍河以东再建一座城，来安置商朝的顽民，即下都，后来由于周王搬进去了便叫成周城，而成周八师则驻守两城之间的瀍河两岸。这两座城的主要劳动力就是殷商的顽民。这些顽民的后代大多都成了专业的技术工人。

周公绝对是个好同志，应上了那句话：你办事，我放心。不但办事速度快，效率高，而且质量有保证。周公经过实地考察、勾绘蓝图、制作模型、破土动工，仅用一年时间就在雒邑建造两座城"成周城"和"王城"。这两座城至少使用了三五百年，到周平王迁都洛阳后，洛阳城内有几次皇室骚乱，两座王城有些受损才做了改建或重建。

4 迁九鼎立陪都

王城并不是很大，“南北九里七十六步，东西六里十步”，基本是正方形，四面城墙上各有三个门，共十二个。周公不愧是一名优秀的设计师，作为世界上提出用方格网规划城市的第一人，王城城内设计有经、纬各九条大道，条条都能并行九辆马车，绝对不会造成“京堵”的现象。城内左有宗庙，右有社坛，宫前有朝堂，宫后有市场，一应俱全，完美无瑕。而宫城（周王的办公室以及包括家人在内的吃喝拉撒睡的地方）在王城中心，如果画一条东西方向的横线，则前为三朝，后为三市，中为天子的个人宿舍，天子的个人宿舍在东西线的中心位置；如果画一条南北方向的竖线，天子的个人宿舍又在南北的中心位置。所以说王城位于天下的中心，宫城又在王城的中心，天子的个人宿舍又是宫城的中心，这么看来，天子的个人宿舍便是世界上地理位置最牛的宿舍，位于天下的正中心。“王居者，天下之至中也”。

这样布局合理、排列有序的城市建筑格局，说明了中国建筑“中枢严立，左右对称”的模式在周代已经开始确立，并在很大程度上影响了后代的宫城建筑，以及一些重要的建筑或者民居。而且城中还有一套完整又完美的排水系统，城市规划的设计理念和实用程度不比今人差。

现在的洛阳王城公园和周王城广场正是在古“王城”的遗址上建立的，尤其是周王城广场，一尊巨大的周公像睥睨着这片花费自己不少心血的地方。不得不说的是，每到周末，周王城广场就像周朝的奴隶市场一样热闹，到处都是休闲玩耍的人群，遥想周奴隶市场的盛况，比之于今，不过尔尔。

现在新房建成之后都会放鞭炮，驱邪迎新，那会儿还没有发明鞭炮，但是音乐是少不了的。那轰动全城的音响效应，惊起野鸡、麻雀、喜鹊无数。但这些花花绿绿的鸟儿在大臣的眼里进去都是一样的，从嘴里出来就不一样了，那些鸟可都是祥瑞，神鸟凤凰。心情好，什么都好，麻雀也能变凤凰。周成王就在这样一个音乐轰鸣、群鸟乱飞的喜悦气氛里，写下了一首绝妙之歌《神凤操》：小鸟儿在房顶上飞呀飞，哥有什么德行得此祥瑞？不过就是沾了我老爸的光，大家跟着一块乐吧，小鸟儿领着小猫小狗一起打鸣儿（凤凰翔兮于紫庭，予何德兮以感灵？赖先人兮恩泽臻，于胥乐兮民以宁，凤凰来兮百兽晨）。

光听音乐唱歌还不过瘾，不足以完全表达成王陛下内心的激动和喜悦之情，他端着酒爵，脑袋可能晕晕的，带着点小兴奋，说："老板今天我高兴，干脆把九鼎从朝歌城搬到这儿吧！"欢呼雀跃声更加高涨了。

九鼎可是传国的宝器，是我们最尊敬的智者大禹制作的。鼎本是古人吃饭的家伙，民以食为天。久而久之，鼎就演化为最重要的祭祀礼器。这九鼎是大禹所铸，鼎身刻有九州山川名胜以及九州的军事要塞地形图，象征着全国统一王权的高度集中，得九鼎即得九州，九州即为天下。把九鼎搬到洛阳，差不多就是把天下的治权搬到洛阳了，人们能不激动吗？而九鼎经过的那个大门，便命名为鼎门，是为周王城十二大门的主门。而把九鼎搬到洛阳王城这件事是周公旦主持，因此，后来在王城建立周公庙的时候，周公庙的主殿便叫作定鼎堂，如今洛阳城里距离周公庙最近的那一条大街便叫作定鼎路，就是抄袭周公定鼎洛阳的典故。

据说把九鼎搬到洛阳的前一天夜里，周公亲自占卜了一卦，这神秘的一卦显示了两件惊天秘密，第一件是三百年后的平王迁都雒邑，第二件是……我先卖个关子，且等以后分说。

成王亲自从镐京赶来，宰杀两头红牛，祭祀天地，祭拜先王，然后亲自指挥部下，把象征王权的九鼎，小心翼翼地运进王城。同时把九鼎进入的正东门命名为鼎门。九鼎的进驻，更加加重了雒邑的重要性。雒邑王城也便成为西周陪都，即东都。

从此，洛阳开始接茬上演她的辉煌……

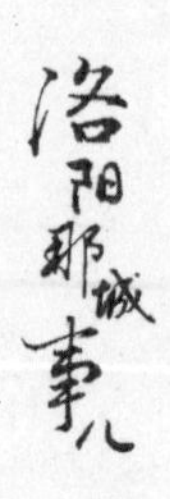

章十 洛阳“城就”周公

客路青山外，行舟绿水前。

潮平两岸阔，风正一帆悬。

海日生残夜，江春入旧年。

乡书何处达，归雁洛阳边。

——唐·王湾《次北固山下》

1 平乱分封

周公是周代的爵位，得此爵者就是周朝的大管家，周王的秘书长。我要说的周公正是第一代周公——姬旦。

这周公旦绝对是一个骨灰级实力派偶像人物，是大周国三大巨头之一——周公旦、召公奭、姜子牙。他是文王的四娃子，武王的同父同母亲兄弟，成王的亲四叔。姬旦（鸡蛋）这个名字虽然不是很好听，有点搞笑——还好，比召公姬奭（鸡屎）好听点——但是历史的经验告诉我们，一个男人的名字多多少少与他的功业有一点点亲密的联系，就是名字越不好听，功业就可能越大。比如叫刘三儿的，建立了巍巍大汉王朝；叫朱重八的建立了煌煌大明帝国。所以那些名字与阿猫阿狗有关的人，绝对不要气馁，说不定百年后的史书正因为你们的故事而闪闪发光。

唉，扯远了。这周公旦最伟大的功业之一就是创建了梦的暗示心理学，即《周公解梦》——虽然《周公解梦》一书并非周公所著，但是这个学说的祖师爷绝对是周公。你想想，做生意的人供奉的是武财神爷关羽，而绝对不是业外人士的关羽他哥刘备。一个学说，只有在祖师爷的庇佑下才能得到长足的发展。在这个学说的支持下，历史长河乃至今天，不知有多少高高权贵、莘莘学子、贫民百姓因梦的暗示而在命运的波浪里跌宕浮沉。

自从周公充分地发挥人才的全能性，营建雒邑王城之后，周公便与洛阳结下了不解之缘。周公的伟大功业以及后半余生都发生在洛阳城内（周公居洛，召公居镐），就连周公死后，他的儿子姬君陈承袭周公职位，依然镇守洛阳城。

周公的一生功业被某些有才哥编成口诀为：一年救乱，二年克殷，三年践奄，四年建侯卫，五年营成周，六年制礼乐，七年致政成王。后世的演义小说、电影电视剧都说姜子牙是大周的第一功臣，就连周武王都喊他：宰相干爹（相父），然而实际上，姜子牙的人脉网都是神仙，等仗打完了，神仙各就各位了，姜子牙的人脉缺陷就出现了。他的人脉并不广，周公分封也只给他封了个侯爵。直到他的第十五世孙齐桓公小白时期，小白是个努力小青年，任用了牛人管仲，才做了天下第一把武林盟主的交椅，那是姜子牙后代的惟一一次雄起。而战国七雄的齐国，早已不是老姜家的齐国啦！

武王死的早，成王还只是个小屁孩，所以治理大周的重担就落在了周公的肩上。周公摄政，这可是把天下当自己家后院玩儿啊，同样是文王的儿子，差别怎么就这么大呢？于是作为文王的老三娃，周公的三哥管叔心里不平衡了。长幼有序，好歹我比你多吃几年盐，多走几年桥不是。于是管叔就拉上自己的弟弟蔡叔和前朝纣王的儿子武庚一起以清君侧的名义造反。

深谙心理学的周公旦对管叔心里的弯弯绕门儿清，什么也不说，直接从洛阳的建筑工地出发，带领国家的精锐部队，即洛阳的守军八师，一举灭了管叔蔡叔和武庚的联军，三人下场不一：武庚最傻，跑在前线当场被杀；管叔心理素质最差，自己上吊了；蔡叔反应最慢，没来得及逃跑，也没来得及自杀，被周公旦逮个正着，给放逐喝西北风去了。周公不但灭了三人，顺便也扫平了九州大陆上其他不愿臣服以及还没有臣服的小国，在征战的过程中就分了赃，分封了七十多个诸侯，当然自己的姬姓本家占其中的五十三个。

周公旦建成雒邑的王城后，才开始正式地坐地分赃。其实也就是把征战中的分赃合法化。

周公分封是以黄帝时代军国架构为依据分封，即按照天子之师的野战行军序列分封：庶长子率领后军，驻守西北军区，召公奭为文王庶长子，驻守幽燕地区，封国为燕国，当时的燕国地区为周的西北军区，而召公奭要在镐京辅助周天子，故此召公奭的嫡长子领国政，图腾为燕子；天子本人领中军，驻守在河洛的中部军区，成王年幼，由召公奭领兵驻守镐京，而周公旦率领八师驻守雒邑；太子率领前军，驻守东南军区，周公旦代替太子驻守东南军区，封到鲁国，由嫡长子伯禽领政。而其他的诸侯，大都是自己的本家兄弟，或者一起从死人堆爬出来的战友，算得上靠得住的人。

鲁国的鲁字，本义为鱼儿摇尾巴，引申为扫荡东南夷的意思。鲁国的地理位置还不错，距海近，鱼盐丰富，富得流油；又有滨海平原，土地肥沃，粮食水果均能高产。五百年后，鲁国又出了几个祖师级别的高人，比如儒家的开山祖师孔子，墨家的教主墨子，以及木匠的祖师爷公输子（鲁班）等等。不能不说，周公封鲁是有远见的。话说到这儿，不得不说一句，后世孔夫子把周公作为自己的终极偶像，把周公封为儒家的元圣，据说后世的文圣人庙都是周公坐在第一把交椅上，孔老二还是当老二，这纵然与周公的人品、道德、不世功业有关，亦与周公是自己的祖上同乡不无关系。孔夫子定然骄傲地说过：我骄傲，我是周公的同乡。

洛阳分封是周公的又一伟大功业。

2 以礼治国

周公在洛阳的第三大伟业就是制礼作乐。

无规矩不成方圆。周公就是要告诉大家，凡事都是有规矩，谁不遵守规矩，我就让谁变成规矩。

周公制定的规矩是从几封公开信开始的，针对的对象就是跟着愣头青武庚叛乱而被再一次逮着圈养起来的“殷商顽民”。周公写给“顽民”的公开信上说：要安安生生做人，老老实实种地，要不然就给你们一缸颜色看看（《康诰》）；有事没事都不准喝酒，第一，喝酒浪费粮食——谁谁谁，你不知道这句话的意思？哦，忘了告诉你，我国的酒在发明的时候都是用粮食酿造而成的，参看杜康造酒篇；第二，酒是穿肠毒药，饮酒伤身；第三，喝酒容易危害他人，像醉驾、酒后砍人什么的等等，除非祭祀老子的时候可以喝二两，不过其中的一两得给祖宗喝（《酒诰》）；不要想着捡空子，告诉你们，我的手黑着呢，心狠着呢，谁没事找事犯我手里，让你死无葬身之地是便宜你了，当然，有事干干农活，没事在家窝着，我也不会怎么着你（《梓材》）……不久，这些公开信就成了红头文件下发在"顽民"所在地。

对"顽民"的红头文件只是一些小小的不值一提的规矩，而真正的大"礼乐"就要开始了，这就是宗法制……

首先，人要分三六九等，尊卑贵贱有序嘛。我是贵族，我就敢虐你。我爸是李刚，就敢开车撞你。谁让你是贱民呢，你活该。

第二，娶亲要按礼数，这"礼"不是很重要，"数"很重要。好不容易从"知母不知父"的混乱时代熬过去，我们男人真不容易啊！"礼乐"规定：天子娶十二女，象征十二月（暗含的意思是，每个月还有30天呢）；诸侯一妻八妾；卿大夫一妻二妾；士一妻一妾。省长级别的可以明媒正娶九个，比起什么二奶、小三儿的多个五六七八个呢，不错不错！哎，有人说坏事了，娶这么多老婆，那儿子肯定更多，如何分配呢？

第三，嫡庶区分，长幼有序。嫡长子最大，继承老爸的一切。比如说，我是正妻的大儿子，即嫡长子，你是妾的大儿子，但是我的年龄没有你大，我叫你一声大哥，但是你得先给我弯腰行礼。所以，在老爹是同一个人的情况下，拼娘也很重要。"传嫡不传庶，传长不传贤"，是周礼的特色之一，亦是后世为争夺帝位给骨肉亲情上刀子的根源之一。不过，周公也很无奈，谁让他爹生了一百多个儿子，又个个都不是省油的灯。狼多肉少，职位只有一个啊！当然，嫡长子有肉吃，其他人还是有骨头啃，有汤喝的。毕竟，人家是大户人家，家大业大，每人就少分点，嫡长子继承老爹的爵位，其他儿子就降级分配，从“公”变成“侯”，“侯”变“伯”……到最后总有一人变成平民了，那就不好意思了，这是命，认命吧，孩子。

第四：谥号，即帽子。这个东西一出现，几乎后世的所有皇帝都没有逃开他的臧否，当然史上最伟大最牛掰的帝王——秦始皇就不吃他那一套，他觉得作为老板，怎么能任由员工瞎评论；另一位拥有四分之一外国人血统的紫髯碧眼、上身比下身长、坐着比站着高的皇帝——孙权，洋幽默了一把，弄了个和亚历山大大帝一样的谥号，就叫大帝，真牛啊。用一两个字来概括一个人的一生，这没有两百的智商恐怕不行，不认识那么多汉字和熟知汉字的意思，也绝对不行。看来，周公不光是个心理学博士，还是个汉语言文学的博士，绝对牛！不过，规矩是人定的，谁的拳头硬谁就有制造规矩的权力。自唐之后的皇帝们都随着自己的爱好胡乱玩起来，尤其是明清，谥号已经多达二十多个字。那个把自己的生日看得比江山社稷更重要的女人，还弄了二十三个字的谥号：孝钦慈禧端佑康颐昭豫庄诚寿恭钦献崇熙配天兴圣显皇后……哎呀妈呀，光读起来都真够费劲的。不过有一点，这谥号是帝王级别的人物逝世之后被后人加上的，若是在某某电视剧中听见某人私底下议论自己的主子说孝庄怎么怎么的、慈禧怎么怎么的，那就滑天下之大稽了。

以上的东西是不是有些眼熟啊？没错，孔夫子及其他的弟子、再传弟子们天天在全国搞传销搞的就是周公的那一套，只不过又添加了一些更加诱人的条件罢了。不过还好，战国之世，崇尚实用，孔家这些噱头十足的东西自然就没有市场了。

说实在的，周礼很繁琐，以上只是给后世影响最大的几个。周礼中，大到几等的国家配备几等的军队，小到周人穿什么衣服、见人怎么打招呼、吃饭用几个锅几个碗、娶老婆怎么娶、生孩子怎么生名字怎么起、人死了怎样埋葬等等等等，都有明文规定，啰哩啰唆，繁繁缛缛，邋邋遢遢。我真是搞不懂，为什么孔夫子就那么喜欢这样的生活，还跑遍全国劝大家要恢复这个时代，照着这个时代的样子去做。如今看看当下的中国人，衣服穿得快都只剩下“皮衣”了，见女人不敢随便尊称“小姐”了，喝酒如同喝水了，婚丧嫁娶弄得红白颠倒了，才恍然大悟孔子的“复古周礼”或许真是有点道理的，至少“有礼繁琐”比“无礼取闹”好啊！

不说那些乱七八糟的东西。其实周公是一个很幽默的人，周公吐哺的故事告诉我们，一个人老了，牙口不太好，就别吃那些煮得不是很烂尤其还带有筋儿的肉，在嘴里干嚼着，咽不下去，吐出来歇会，继续嚼。不过倒是一个减肥的好法子。

周公活的岁数不是很大，他这一辈子算是一个完美的人，无论人品、道德、文治、武功都达到了至高的层面。但是后世依然有人不负责任地说：要不是他死得早，说不定终究会篡位的……也许吧，自古没有不受争议的名人。不过，告诉大家一个秘密，有一次我去洛阳的周公庙瞻仰圣人泥像，隐隐约约听见泥像传出：只有在大家的争论中，哥的传说才能永远地飘荡在江湖上……

章十一 召公甘棠听政

曾是洛阳花下客，野芳虽晚不须嗟。

——宋·欧阳修《戏答元珍》

媒婆是怎样被发明的

话说召公是文王姬昌的庶子（且记，昌哥有百子），是营建雒邑两城的副工程师。在周公忙里忙外营建洛阳王城和成周城的时候，作为副工程师的召公有点无事可做了。吃完饭，没事干，那就出去遛遛弯儿吧。

召公带着自己的秘书，换掉工作服，俩人步行开始出发。洛阳地界挺大的，俩人其实有点迷路，是迷迷糊糊就来到了今宜阳县的一个小村子里，那村头正好有一棵甘棠树。那时，正值早春三月，满树百花烂漫，不觉让走累的召公心头一阵舒爽。召公对秘书说：

“走了大半天了，也累了，不如就到前边的树下歇一会，喝口凉水，吃点快餐，再走吧！”秘书早都累得不行了，就等老板这一句话呢，于是赶紧跑到甘棠树下，先捡了几块石头，吹干净了让召公坐下，自己再捡几块，坐下捶腿，唏嘘。

召公歇了一会，正准备喝口凉水解解渴，却听见前边传来一阵哭喊声和叫骂声。召公抬头一看，便看见一名女子在前边拼命跑拼命跑，边跑边哭，边哭边喊救命，而后面有一群人在追，手里拿着红色的吉服以及绳子等物，边追边喊：“站住”。

这时候，村里的人越来越多，大都站着看热闹。

召公便问一老头儿：“这位大爷，请问这是干什么呢？”

老头儿回答道：“这娶媳妇儿呢。”

“什么？”召公以为听错了，“娶媳妇儿怎么跟追命似的？”

老头儿道：“嗨，这你都不知道？你不是这附近的人吧？”

召公道：“不是，我旅游路过。”

老头儿道：“这也难怪你不知道了。那后边追赶的人是我们邻村王富贵以及他家的家丁，而那女的是我们村李老头的女儿李氏。王富贵相中李氏长得漂亮，便要娶她为妾，李氏不愿意，王富贵便派人抢亲来了。”

召公道：“娶亲之事，你情我愿，不愿意怎么能强求？”

老头儿道：“你不知道，这王富贵家里有钱有势，谁惹得起？”

召公道：“大胆，还有没有王法了？”

老头儿道：“这位大爷您还别说，关于婚娶方面的王法还真没有。”

召公一想，还确实没有，低声叨叨了一句：“这个可以有！”眼看李氏已经被家丁抓住，正用绳子捆好，准备带走，不能见死不救啊，便大声喝道：“你们几个给我住手。”

王富贵连同他的几个家丁，同时停下手里的活儿，看着召公。王富贵喝道：“你是哪里来的葱啊？想管爷爷的好事？”

召公秘书拿出官印（那时候的官印比较小，是边长只有两厘米左右的铜印）和官碟文书道：“大胆，这位是当今大周国的辅国大臣召公，尔等胆敢无礼？”

说完话，在地上“哗哗哗”画了三个圈，插了三根木条儿，动作纯熟连贯，一气呵成，可见没少画圈插棍儿，道：“你们几个都给我进去，老实呆着，谁动我让谁好看。”这便是“画地为牢”、“立木为吏”的具体操作。

山野之民哪见过这么大的官啊，其实根本就不知道召公是多大的官，不过，大家并不是像后世那样赶紧下跪，磕头谢罪，那会儿的人只有跪天跪地跪父母的传统，还没有跪官的规定。

王富贵站在圈里浑身不敢动，但是嘴里却说道：“报告长官，小人正在娶媳妇儿，并没有犯法。”

召公不理他，对着李氏道：“敢问这位姑娘，他说的可是实情？”

李氏擦擦脸上的泪痕，整理一下被弄皱的衣服，道：“回老爷的话，小女子并不喜欢王富贵，小女子也有自己喜欢的人，可惜他从军未归，是王富贵好色，是他强迫我嫁给他的。”

王富贵道：“报告长官，她喜欢不喜欢我不打紧，只要她还未嫁人，只要我喜欢她，我就可以娶她为妻，只要把她娶进门拜堂入洞房，我们就可以成为夫妻，这是合乎礼节的。”

老人总是村里见识最广，最有权威的，召公问周围一个花白胡子的老人道：“敢问老丈，他说的可是实情？”

老人道："回大人的话，自古以来，婚姻嫁娶并没有定式，只要双方愿意，田头野合亦是正法，只要被村里老人认可便是夫妻，一旦结成夫妻便不可离婚。这位王公子虽强迫李氏婚嫁，也没什么可说的，抢回家中，拜堂成亲便成一家人了。像这样的例子也是数不胜数，见怪不怪了。"

召公道："像这样强抢豪夺，有多少人心里是不痛快的，这样的家庭如何能够幸福？无规矩不成方圆，婚姻无法，哪有幸福可言？这样吧，请老丈把村里有权威有德望的老人都请过来，我们开一个圆桌会议，讨论一下，拟定一部《婚姻法》草案，如何？"

老人道："此事甚好。"

就这样，召公便和村里的老人们一起探讨，并且通过举手表决，最终商议出一套婚姻的定式：男女婚姻必须经过纳彩、问名、纳吉、纳证、请期、迎亲等"六礼"。以后民间婚俗中所形成的"父母之命、媒妁之言"就从此开始，这才有了媒婆这个职业，此套婚姻制度也囊括了什么门当户对等等条条框框，给后世带来方便的同时，也造就了多少爱恨情仇的痴男怨女，同时为我国的爱情故事提供了不少可书可写可歌可泣的优秀题材。

不过，召公和村里的老头儿们举手表决的婚姻草案，并没有在全国实施，只是这个村里做了第一个试点。等召公回到朝中之后，有一次把这件事作为一件严肃的国事告知周公时，周公也觉得是应该解决一下，便在后来制礼作乐的时候，把这件事编进了礼乐之中。

当然，人们其实还是很怀念以前在村头河边纵情野合、无拘无束的日子，因此藏在民间的诗人便把那些日子写成一首首热辣辣的情歌传唱，到春秋时期，卫国等一些小国的人们，还有过这样美妙的日子。孔夫子也羡慕过嫉妒过，在编纂《诗经》的时候，狠狠地选了好几十首这样的热辣情歌，过了一把嘴瘾。

这边召公的事还没办完，他和村里的老头儿们坐在一起唠着嗑着说笑，就把婚姻给制度化了，可怜王富贵站得腰酸背痛腿抽筋也没人理，等召公等商议的结果一出来，王富贵到手的新娘子也打了水漂。这还没完，鉴于王富贵作为一个富二代，整天游手好闲，为富不仁，还强抢民女做妾，打四十大板完事。人都是有仇富心理的，尤其是一群穷人围着一个为富不仁的富人的时候，都会有群鸡望鹤的自惭形秽感，他们要做的就是把鹤赶出鸡群。所以，当召公宣布讨论结果的时候，没有一个人站出来给王富贵说一句公道话，其实人家王富贵除了家里有钱，好个小色以外，人畜无害，还牺牲了个人的幸福，为我国的婚姻制度做出了奠定基础的第一笔，真是功不可没，当立碑传记以彰其贡献。

2 问政让甘棠成了旅游点

等王富贵的事情处理好之后，召公觉得反正回家闲着也是闲着，这棵甘棠树还真不错，不如在这儿多处理一些事情为好。便对村里的百姓说："大家对官员有啥想法，对政府有啥不满，对社会有啥意见，不如都说道说道，若是我能解决的，回去之后一定解决；不能解决的，以后在人大会上提提，让大家举手表决，毕竟一切都是为了百姓的利益嘛。"人闲着没事就喜欢吹牛扯淡，既然长官让大家说，大家就说说呗。于是，东家长李家短地就打开话匣子使劲地说，反正吹牛不上税。

我敢说，这村子闭塞，国家啥时候改朝换代都不知道，更别说什么对官员的要求、政府的不满了。即便那些在外边闯荡过的见识过世面的人，对社会有些看法，提了些许中肯有用的意见，不出三分钟，肯定会被屏蔽的。

终于，大家都说得又渴又累，才发现原来这全是义务劳动，不管饭，甚至一口凉水也没有。男人开始埋怨女人，骂她们喜欢凑热闹，都赶回家里做饭去；男人们也吹够了牛皮、扯足了淡，都在心里带着对自己言论的满意、对他人无知的鄙视满足地回家了。

不一会儿，召公就发现身边只剩下几个糟老头儿了，想想自己也该回家了，便起了身，召公又回头看了看那棵开着如荼白花的甘棠树：说实话，自己实在是太喜欢这棵甘棠树了，老想把它挖走种在自己陕西官宅的后院里，可那是老百姓的东西啊？三大纪律八项注意说：不能拿群众的一针一线。还是赶紧走吧，怕万一忍不住了，做出违规的事儿。

召公走的时候，对那些老头儿们说："我说老乡啊，这棵甘棠树真好，春天闻花香醉人，夏天叶下好乘凉，秋有果实累枝头，冬雪覆盖好美景。这棵树一定要好好保护啊！将来作为旅游景点之一，会创汇的。"

等召公走后，老头们儿想，这村子千百年来来过的唯一的大官就是刚才那位了，不过看他也不像什么大官，不然怎么连一个甘棠树都稀罕得不得了？算了，好歹他也是个人物，邻村都还没来过那样的大官呢，既然大官说这课树好，能创汇，那就弄个旅游景点吧，说不定还能赚俩外快养养老呢。于是，几个糟老头儿便把那棵甘棠树好好地围栏起来，还提了三斤鸡蛋两斤烧酒，请村里最有才的也是唯一的先生（即读书人）给写几句广告词，好让这棵树能更好地出名。

这位先生平时没人理会，今天竟有人送酒送蛋，真是太高兴了。就把两斤烧酒都喝了，结果，喝得有点高，迷迷糊糊的，当时都不知道老头儿们让他干什么来着，只想到是什么树。于是就胡乱写了一通，结果还真给蒙对了，竟然超水平发挥，写出了一首千古绝唱《甘棠三章》，连孔老夫子都给迷糊住了，给编进了《诗经》。不过，孔老夫子选这首诗也是对自己偶像崇拜的一种方式吧，但不能否认这首诗歌是有一定技术和艺术含量的。

《甘棠三章》："蔽芾甘棠，勿剪勿伐，召伯所茏。蔽芾甘棠，勿剪勿败，召伯所憩。蔽芾甘棠，勿剪勿拜，召伯所说"。也因为这首广告词，才有了那个"甘棠遗爱"的成语，为拍马屁文学提供了素材。

这首诗歌也确实起到了不小的作用，使得许多人慕名而来，并在村子里住下了，村子也变得越来越大，成为周围有名的大村，此村也由此改名为：甘棠村。

待到了清雍正二年，宜阳的知县郭朝鼎有一天重读夫子经典的时候，看到了这篇诗歌，一看翻译和注释，这甘棠不正是自己治下的甘棠村吗？郭朝鼎眉头一皱计上心来：自己的上司河南府尹张汉不是喜欢到处题字吗？这绝对是一个巴结上司的好机会啊！

于是，郭朝鼎便去拜访张汉，并求他题字。张汉最好这口，当下便挥动如椽巨笔写下五个大字："召伯听政处"。说实话，张汉的字不怎么样，却因为他是省部级公务员再加上是给名人召公立碑，故而流传至今。

由此发现一个快速出名的秘诀：傍上名人，你也就成了名人。

章十二 洛阳终于转正了

金谷园中柳，春来似舞腰。

那堪好风景，独上洛阳桥。

——唐·李益《洛桥》

1 烽火戏侯亡西周

话说周公建成雒邑的王城和成周城之后，坐镇王城分赃妥当，制礼作乐已毕，洛阳作为二奶的陪都生活就这样开始了。

作为东都，洛阳干巴巴地瞪着欲穿的望眼，等待着镐京帝王的再次宠幸，可惜，除了每任周王登基的时候，来到洛阳摩挲摩挲九鼎，沾点喜庆之气外，就只能可怜兮兮地分享一些过期的花边新闻了。

当成康盛世的新闻传过来的时候，洛阳好生激动，酒宴刚摆好，还没来得及喝酒庆祝呢，小道消息就传来说，志大才疏的昭王一心只想着平定南蛮，建立不世功业，谁知出师未捷被淹死，要不是手下有几个会水的小弟，说不定就尸骨无存了。得，洛阳这边只得把摆好的喜酒喜宴，红布换白布，喜堂变灵堂，改成默哀大会了。

然而这会儿，镐京那边正热闹着呢，因为史上最传奇最牛的驴友皇帝穆天子已经开始行动了。坐着世界上最一流司机造父开着的“悍马”八骏，由全国最好的知名导游伯夭为向导，穆天子开始了他的漫游天下的旅途。往东呢，穆天子和自己最心爱的妃子盛姬一起去看海，听了听海哭的声音；往西呢，上了昆仑山，喝了一杯王母娘娘的琼浆玉露，俩人三杯两盏下肚，就王八看绿豆，对上眼儿了，还对了一段山歌——貌似是信天游，反正最后俩人临别不舍，王母娘娘就送了四匹白狼、四头白鹿留做纪念。据说，这西王母长得有点像人，只不过有一条豹子一样的花斑长尾巴，和一口老虎一样的森然虎牙，当真是见狼如见人啊！后来，王母娘娘还真到镐京去看望穆天子呢，俩人又在一起喝酒对歌，不亦乐乎。

穆天子五十五年的传奇生活一消停，除了两件爆炸性的新闻，镐京城就再也没有传来什么让人大跌眼镜的消息。第一件是，厉王不小心把百姓惹火了，让自己品尝了一下贫民怒火的苦果，厉王自己被逼得卷铺盖走人，在一个叫彘（zhì，牛尾、虎身、猴头、犬声的怪兽）的地方了此残生，而我们古老的中华大地却经历了十几年的共和国生涯。此共和国的成功经验让三千多年后的“国父”孙中山羡慕不已，一生都为此屡败屡战地奋斗不止。第二件事，是洛阳期待了两百九十多年的大事，就是洛阳终于要转正了，再也不是二奶一样的陪都，而是成为真正的天子王都。

公元前771年，周幽王烽火戏诸侯，演绎了一场完美版的中国特色的狼来了的故事。这玩笑开大发了，把自己叔叔爷爷辈的诸侯国都给惹毛了，不仅如此，还废了自己王后和太子宜臼，把自己的老丈人给得罪了。俗话说：姜是老的辣。活该幽王倒霉，这幽王老丈人申侯正好姓姜，即老姜。老姜一拍桌子一瞪眼，吼道："这小子敢废了老子的女儿和外孙，真是活腻歪了，看老子不灭了你，老子就不姓姜。"结果老姜就和一直与大周有梁子的犬戎搞到一块去了，两方私底下喝个小酒，做个按摩，就把事儿给商量妥了。然后呢，老姜就负责把风，并且把前来救驾的诸侯挡一边去，干等着让犬戎在镐京城里瞎闹腾，烧杀淫掠，弄了个三光，把幽王和以及幽王和褒姒生的儿子伯服都给杀了，把褒姒也抢走了，可怜幽王的叔叔郑伯姬友一片愚忠，死于万箭之下。等幽王一死，申侯看这戏演得差不多了，该收场了，就和外孙宜臼出来与秦君、卫侯、晋侯一起做做样子，把犬戎半撵半请给送走了。

2　平王迁都始东周

等大家吃完饭，打着饱嗝唠着嗑说要给后世历史一个像样的交代的时候，大家一致举手表决通过说："这事都赖褒姒，要不是褒姒不爱笑，天子也不会烽火戏诸侯，就不会有犬戎打劫镐京的故事了……"这事想想都觉得可笑，历史上但凡有了大错的男人，都把屎盆子往女人头上扣，说什么夏桀宠爱妹喜而亡夏，纣王宠爱妲己而亡商，周王宠爱褒姒而亡周。你说说，这还是男人吗？还有一丁点儿作为男人的担当，男人的责任吗？人家褒姒不就不爱笑吗？不爱笑招谁惹谁了？被强迫送进宫，被强迫烽火戏诸侯，又被强迫戴一千古骂名，搁谁都笑不出来啊。

这个问题通过了，就该讨论谁当家的问题。这个问题申侯最有发言权，他把幽王坑死了，不就是想让自己的外孙当家吗。于是，申侯的外孙姬宜臼就当仁不让地坐在露天废墟上临时搭建的土炕上了，因为王宫被烧了，裹着金子的龙椅也被犬戎拿走了，只好搭了个土炕凑合凑合。宜臼就是周平王。

看着背后还在冒烟的王宫，平王不乐意了，自己想做威风八面的周天子嘛，现在连个椅子都没有，还做个屁啊。平王不依，捶胸顿足撒娇闹腾，这使劲跺了一脚不打紧，顿时就被腾起的尘土给蒙了一头一脸，平王用手扇了扇尘埃，咳嗽两声，说道："这犬戎太没有职业操守了，你想杀人就杀人，想抢钱就抢钱，干嘛把我家房子给烧了啊，害得我连个眯觉的地方都没有，真郁闷。"平王一脸的不高兴，皱着眉毛说："不行，一定得搬迁。那个东都不是闲着没人住吗？外爷，你给介绍一家信得过的搬家公司呗！赶明儿就赶紧搬过去，你先派人提前打扫干净了，等着我。"

其他诸侯一听老板发话要迁都，纷纷附和说："镐京确实不能再呆了，犬戎已经熟悉了我们的地形地势、地理地貌，再打过来也是抽根烟的功夫。而雒邑是天下的中心，四方朝贡也方便。况且雒邑是周公营建的，宫室制度都与镐京相同，每年的董事会也都常在雒邑召开，搬到雒邑其实挺好的……"

众人当中只有护驾功臣之一的卫武公不同意，说："镐京是个好地方，东有肴山、函谷关为门户，一夫当关，万夫莫开；西边又有陇、蜀，披山带河，沃野千里，是为天府之地，养活多少孩子都有奶吃。而雒邑虽为天下之中，却是四面受敌之地。吾王若迁都于洛，我们老周家恐怕就要衰落喽。”

这时又有人出来反对卫武公，说：“昔年穆公在泗水边上养宠物虎，如今便有了那虎牢关，虎牢关是雒邑东门户，也是一夫当关，万夫莫开的关口。西有函谷关以防犬戎来犯，南有大谷关、伊阙关防护，北有孟津关、轵（zhǐ）关、天井关以拒北狄，而中部亦有良田千里，何愁吃喝？”

姬宜臼说：“大家别吵吵了，我就一句话：搬。”

这时候，一直沉浸在老爸死了的悲伤中，站在后边的郑伯友的儿子掘突说话了：“老板，你看这么着吧，我老爸在世的时候，觉得把公司总部设立在棫林（在今陕西省）没有前途，就在雒邑东边的荥阳地区重建立一个新的公司，可惜我老爸还没来得及把自己的员工和公司资料都搬过去就随先王去了，正好呢，我老爸的员工们都离这里不远，要不就让我们免费给您搬家，一来我们正好顺路过去，二来也省了不少的搬家费呢。您觉得如何？”

平王说：“嘿，这主意不错。犬戎把我们家的钱都抢走了，一时半会儿还真筹不出多少钱来。我看这么着，你呢帮我搬家，我就把这镐京城里商朝的顽民送给你，另外还给你在荥阳开办的新公司发营业执照，承认你的合法地位，你就是新一任的总经理，承袭你老爹郑伯的爵位，怎么样啊？”

掘突一听，哎哟喂，高兴坏了，本来老爹就属于非法移民，本想着趁此机会拍拍领导马屁，弄个合法地位，谁知还弄了这么多意外收获，不但地盘合法了，把员工们弄回了新家，还继承了老爸的位子，更重要的是还得了这些顽民。这顽民早就不是当初的顽民了，他们可全部都是一流的工匠，像制造弓弦的弦氏，制造照明用品的烛氏，制造大绳的索氏，制造制绳工具的格氏等等。当初自己父亲郑桓公就和他们有盟约，承诺他们以后有机会一定将他们从周王手里弄出来，还他们一个自由身，这下可好办多了。后来出现的弦高犒秦师（此人就是在洛阳贩牛的时候，恰好遇见正要伐郑的秦国大军，弦高一方面用肥牛贿赂秦军，麻痹秦军，一方面给郑国通风报信，使郑国有了防备，挽救了郑国一场危难）、烛之武退秦师等事件，都是这帮顽民报答这一恩惠的。这次自己只是出点力，不但可以重新建国，还得了这么多人才，这可真是一桩只赚不赔的好买卖啊！于是，掘突大手一拍："成交！"掘突也就成了郑武公。

浩浩荡荡的一彪人，马背驴驮着王室重器（主要是鼎），锅碗瓢盆什么的，在郑、卫、秦等诸侯的护送下，跟流民似的狼狈地来到了洛阳城。帝王的来临就像马太福音一样使洛阳城蓬荜生辉，洛阳城也迎来了她的第一个真正意义上的春天，洛阳城顿时炸开了锅，成为被帝王捧红的新星。

3 都城从王城搬到成周城

然而，这时候的周王其实已经没有刚开始的时候有魅力了，像是过时的三线明星，因为自平王迁都雒邑之后，中国的历史就进入了混乱而精彩的春秋时期。而洛阳的王都也并不是一成不变、一帆风顺的，中间有不少的插曲出现。

周公营建雒邑的时候共建了两座城，一座是王城，就是给帝王入住的意思，另一座是成周城，就是成就周道的意思。而镐京帝都被称为宗周城，是革命根据地的意思。平王迁都雒邑，入住就是周王城。这周王城和成周城也是命运坎坷。

自从周公营建雒邑，洛阳成为九州著名的商业城市。镐京城破，平王搬进了周王城，周王城就成了大周的王都。一直到周襄王三年，周襄王姬郑的弟弟姬子带为了争夺王位，勾结伊洛周围的犬戎，围攻周王城，并且烧毁了王城东门；周襄王十五年，子带又于内勾结王后隗（kuí）氏，于外勾结西戎，攻占了王城。周襄王姬郑逃到了郑国，并向各国呼救，这时候的晋文公刚刚登上侯位，他抄袭齐桓公尊王攘夷的广告，打败了子带，把王城又还给了周襄王。而这时候的王城已经破败不堪，不得不重新修建、装修。

周襄王时期的周王城是以晋国为包工头兼设计师设计并带人修建的，而且还是不计成本地自己掏腰包修建。据史书记载："王城南北九里七十步，东西六里十步。"其地理位置，在今天的洛阳城圈画一下，大致为：从东干沟东行至唐城西墙二百米为止，为北城墙；由兴隆寨往东经瞿家屯，伸入洛水，此为南城墙，西边跨越涧河；从东干沟至七里河再至兴隆寨西北，为西城墙；从北城墙直转南下，至唐宫路以北，长约一千米，即东城墙。说来晋国人也真够实在的，那城墙全部为夯土，到现在还能挖出残存的城墙，都埋在现地面以下。城墙宽度不一。西墙宽五米左右，残高一点五米。北墙宽八至十米，残高零点八至一点六五米，东墙宽约十五米，残高一点五米，南墙宽十四米，残高达四米。从现在的考古挖掘得知，城墙在春秋、战国，乃至秦汉时期都有修葺，一直到西汉以后，才逐渐荒废。只有内城还有所保留，便是汉代的河南县城。

到了公元前520年周景王病死，这王城虽不是豆腐渣工程，可也扛不住春秋的西风烈，冬夏的火引冰薪，终于在一半海水一半火焰的双重压力下崩溃了，一场大水差一点把它送上了西天，而大方的齐国借花献佛，拿别人家的钱资助了王城的建设，又恢复一新。公元前520年，景王刚病死，都怪他没有安排好后事，本想让自己的儿子姬朝做王的，可惜被花花公子姬猛给夺了去。姬朝一发飙，领兵把姬猛从王城赶走了，想自立为王，谁知道屁股还没有把龙椅焐热呢，半路杀出一敬王来，打了四年，姬朝不敌，逃到南蛮楚国去了。

而敬王在被战火焚烧的王城危房里呆了五六年，差点没疯掉，终于决定移驾换窝儿了，就跑到了成周城，不过成周城已经被战火烧成了一堆废都，只好重建。周王城作为东周的王都一百二十五年，基本退出历史的舞台。

周王城遗址是为“五都荟洛”的第三个古都遗址。

敬王要盖新家，大家也给面子，在老牌诸侯国晋国的带头下，其他诸侯国有钱的出钱，有钱不愿出的就出劳工、工匠等，大家铆足了干劲，放足了卫星，三十天之内就在废都东边拔地而起一座新的成周城王都，真是神速。当然，三十天建一座王都搁现在，技术、人力、物力、财力、精力是一点问题没有，不过，现在的质量却比不过那时候啊，最起码不会平白无故地倒塌。说实话，这三十天建立起来的敬王的成周新城，还真是不赖，被称为“九六城”，即南北长九里，东西宽六里。它的规模和形制与襄王时期的东周王城大致相同。后来吕不韦被分封到洛阳，又好好装修了成周城，汉魏的洛阳王都就是在吕不韦修建的基础之上重修的，这就使得东周的成周城与汉魏故城的基址相互迭压，难以分辨清楚。这是后话。

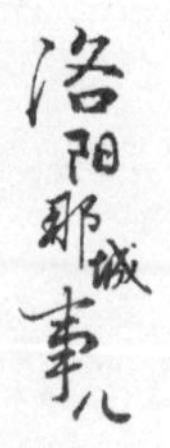

东周竟又分裂为“西周”与“东周”

等敬王薨，周元王在成周城立位的时候，中国就进入了更加混乱更加精彩的战国时代。

这敬王搬家搬到成周城之后呢，周的实力和势力更弱了，在战国群狼的夹缝中，分明就是一只瘦得咬一口都硌牙的羊，大家伙儿给他面子不把它给灭了的原因就是，它还有一丝一毫的利用价值：那就是可以以天子的名义做一些见不得人的私事。

敬王迁居新都之后，元王、贞定王、哀王、思王、考王、威烈王、安王、烈王、显王、慎靓王都住在这里，共历十一代、一百九十五年，在东周的几个都城中历时最长。

你说，你都可怜成这副德行，就老老实实地呆着呗，照样还折腾。周考王想尝尝做天子是什么滋味，便杀了自己的哥哥思王之后自立为王的，阴谋得逞后的考王当时只有七个城，也就是拥有七栋楼盘的地产商而已，没啥稀罕的，只要在战国还能存在的三流小国都不止七座城池。说实话，这老周家分地盘的方法还真是大方得有点离谱，周公分封姬姓本家五十三户，随着后世子子孙孙的繁衍，又不断地分封，再家大业大也扛不住蚕食啊，老周家的最后一块地盘就是本家洛阳的这七栋楼盘了。周考王是搞了阴谋做了天子，做了坏事的人都不愿意他人再做坏事，他怕自己的弟弟也效仿自己搞一次阴谋，就把自己的弟弟姬揭打发到故都“东周王城”另建邦国，史称“西周”。这个西周已经不是天子国的西周，而是东周王室的近亲小邦国，和一般诸侯没啥差别。它的国君不称周王，而称君或公。周考王的弟弟姬揭便是“西周”的第一个国君，称西周桓公，担任了周公这个尊贵的官职。西周桓公仅仅据有王城、谷城、缑氏三城。从此，东周王城就降低身份成为“西周”小邦国的都城。

而这个与周王室有特殊关系的小邦国，实力虽然不咋地，但政治上那是相当的活跃。周显王时，“西周”的公子姬根与太子姬朝争夺君位，公子根在韩、赵支持下叛离“西周”，在巩（今河南省巩义市），另立为君，称为“东周”惠公。这是东周时期出现的另一个王室近亲小邦国——“东周”。“东周”拥有偃师、平阴、巩三城，以巩为国都。自此，周天子便只剩下成周城一座孤城了。这就是说，到了这时候，东周变成了以成周城为都的周天子，以王城为都的“西周”和以巩为都的“东周”三家。而周天子自己无力养活自己，只能靠东、西两周供养，成了一个看东西周脸色行事的吃干饭者。

就这样，一直混到周的最后一个天子，赧王时代。周赧王在位五十九年，这五十九年是战国末期最为精彩的百年的一个组成部分，就让我把周赧王的故事留待下回分解吧！

章十三 周王的落寞

步登北邙阪，遥望洛阳山。

洛阳何寂寞，宫室尽烧焚。

——三国·曹植《送应氏》

秦打出的第一记耳光

话说平王来到洛阳落户安家之后，除了南蛮楚国之外，天下的诸侯还是很给面子的，都来觐见朝贺，送钱送礼无数，毕竟生病的老虎比猫强，瘦死的骆驼比马大。虽说平王来的时候跟丧家之犬没什么两样，但是，谁知道平王是不是深藏不露的高手？况且还有郑、卫、秦、申这几个马壮人肥的保镖在此。诸侯都是老狐狸，宁可先吃亏先磕几个响头，也不愿做那出头之鸟，去试探平王的深浅和几个保镖的意思。

俗话说：疾风知劲草，路遥知马力。这平王还没有安安生生享几年福呢，本来就微弱的权威就被挑衅了。挑衅周王权威的不是别人，正是自己的保镖秦国、郑国以及周公儿子封邑的鲁国。

秦是帝颛顼的后裔，其后人皋陶是帝舜和大禹时期的大法官（由此可知后世秦家尤其是秦始皇嬴政崇法轻儒是有历史渊源和基因遗传的），皋陶的儿子伯翳因跟随大禹治水有功，而被赐姓为嬴。这个伯翳在大禹崩后，一度想凭借自己的威信做天下的王，可惜他的对手夏启太强大又太狡猾了，小菜一碟地收拾了伯翳。自从有了嬴姓之后，老嬴家从来没有少出过人才。伯翳死后，两个儿子被封为诸侯，世代沿袭。商纣王时期，老嬴家有个叫蜚廉的是个飞毛腿，日行五百里，蜚廉的儿子恶来是个大力士，能用手撕烂老虎的皮。穆天子周游世界的一流司机造父，正是蜚廉的曾孙子。造父被分封到赵城，成为晋国赵氏的祖先，亦是后来赵国的祖先。再往后，到周孝王时期，老嬴家又出了个人才，叫非子，此人养马有一套，比天上的弼马温强上一百倍，因为此人凭借这一手本事赢得了一块封地，就是秦。

秦地太过偏西，属九州的雍州，养马是个好地方，同时也和匈奴、羌等胡人临近，边疆纠纷不断，这些养就了老秦人尚武、务实的性格，虽然战国时期山东六国皆以秦为不知礼仪的野蛮之国，但是务实、淳朴的老秦人在孝公的治理下，在商鞅变法的改革中，不断强盛，最终成就了秦始皇的不世奇功，这是老秦人应得的。

平王迁都雒邑，秦君护驾有功，被封为伯爵，此时秦伯为秦襄公，秦襄公会秦地之后，就开始了扩大地盘的行动。秦襄公和犬戎是老对头了，这次犬戎好生宰了一头肥羊，正高高兴兴吃着火锅还唱着歌开庆祝会呢，就被秦襄公带人给收拾了。然后，秦襄公就把从犬戎手里得来的原本属于周的土地，变成自己的囊中之物，还把国都建在了雍，压根就没有给周王吱一声。这就好比你老板的钱被抢了，你有本事把抢钱的人抓住揍了一顿，然后把老板的钱装自己腰包里，并且让你的老板知道了这件事，你却根本不甩老板的反应。这充分证明了你对你老板的蔑视和鄙视。

秦襄公崩后，他的儿子文公立，在陈仓山建立陈宝祠公开祭祀。在今天你觉得自己爱上哪座山拜哪个神都是自己的事，无所谓。可在当时不一样，周公制礼作乐规定的有神，你要拜神祈福求子求平安都必须在指定的地点拜指定的神。这公开的建祠拜神就是对周礼的公然挑衅和蔑视。

这两件事一出，天下诸侯可都看着周王的反应呢。而周王的反应让大家既失望又兴奋，失望的是：周王没有收拾这蛮夷小子，好戏没看成；兴奋的是：看来周王真是怂了，这软柿子或许可以捏。

这是天下诸侯对周王开始产生不敬不屑的第一件事。

2 鲁打出的第二记耳光

鲁国看见秦国不理周王，僭祀上帝，而周王却没有一丝一毫的不满和反对，就派太宰姬让到洛阳来，告诉周平王说：“吾王陛下，告诉你一个坏消息，你要有心理准备，就是我们鲁国也要用郊禘（dì）之礼了。”

这里要解释一下，郊指郊社之礼，即祭天地，周朝冬至祭天称郊，夏至祭地称社；禘指天子诸侯宗庙的大祭。古人对祭天祭地祭祖宗是十分看重的，而这些最高级别的祭祀活动只有王室单独或者统领诸侯一起完成。鲁太宰的意思基本可以说是让周王下台，自己坐国家最高领导人的位子。若在正常情况下，单凭这一句大逆不道的话就该被砍头。

平王一听，怒不可遏，大拍桌子大瞪眼，大喝一声："不行！"

姬让哼哼一阵冷笑，道："我家祖上周公对你们周家有天大的功劳，况且这礼乐还是我家周公制作的，我们用我们自己家的东西还不行了？实话告诉你吧，你已经过时了，我今儿来是通知你的，不是来请求你的，你愿意不愿意，我们鲁国都会使用郊禘之礼的。告辞了！"说完，姬让就走了。从此，鲁国的祭祀大礼就按照周的规模进行了。

周平王除了干吹胡子湿瞪眼以外，徒呼奈何！

如果说，秦襄公得到周的旧地盘一声不吭就纳为己有是对周王实力的挑衅，那么鲁国使用郊禘之礼便是对周礼、周制的完全蔑视。此事一出，天下诸侯都觉得，周王这个软柿子可以捏。

这是天下诸侯对周王产生不敬不屑的第二件事。

3 郑打出的第三记耳光

自从搬家之前郑武公得到平王的许可，获得了在荥阳重建郑国的宅基地凭证之后，郑武公隐藏许久的野心就彻底暴露了，他先用阴谋灭了邻居郐（kuài，今河南省新密市东北）国，又从正面干掉了虢（guó，今河南省郑州市西北）国，之后又降服了周围的十几个小国，郑国从此就成了一个大国。郑武公去世，儿子郑庄公继位。

郑庄公连同他的老子郑武公、老爷子郑桓公合称“郑氏三公”，在今天河南省荥阳市有铜像矗立，是为荥阳的市标。

传闻郑庄公他老妈是在睡着的时候不知不觉生了他，就起名叫寤生，意思就是睡着的时候出生的。根据我总结的一个男人的名字越不好就越有可能建功立业的历史经验来看，郑庄公也确实是一位成功人士。不过，郑庄公的第一件功业或者说上台的第一件事就是弄死自己的弟弟。

郑庄公的老妈正是申侯之女姜氏，周平王的老妈也是申侯之女姜氏，这样的话，郑庄公应该喊周平王为宜臼哥。而郑桓公姬友是幽王的叔叔，郑庄公是桓公的孙子，平王是幽王的儿子，这样的话，庄公应该喊平王为宜臼叔。哎哟，乱了，乱了，脑子有点乱。

姜氏生郑庄公是在睡梦中，长得自然就有点对不起观众，而次子姬段却不是。这姬段那可是一表人才，小白脸儿似乎涂了二两白粉，小嘴唇好似抹了桃红唇彩。虽然人长得有点婉约，但是此人力大无穷、百步穿杨、武艺高强。真是人见人爱的主儿。姜氏就经常在郑武公那里吹枕头风，让姬段继承爵位。武公不愿意，说：“你还是拉倒吧，长幼有序，不可紊乱。”最后还是让寤生继位，把姬段封到了鸟不拉屎的小小的共城（今河南省辉县市），号曰共叔。

姜氏疼爱小儿子，整天心里不爽，就对寤生说：“老大啊，你看看你继承了你老爸几百里的地盘，而你的弟弟却整天呆在那个鸟不拉屎的小小共城，你忍心吗？”

郑庄公特别孝顺，就说：“母亲大人想怎么办就怎么办。”

姜氏说：“那你就把你弟弟调回京城吧，这样我也能天天看到他。我老啦，能见几天是几天吧！”

郑庄公心里不高兴，可还是照办了。

姬段来荥阳之后，被国人称为太叔。这太叔心术不正，仗着老娘的喜欢，整天想着要把哥哥弄死，自己做郑伯，就假借狩猎之名，天天练兵。庄公不傻，全都看眼里了，但是对于手下人的提醒，表面上他睁一只眼闭一只眼让这事过去，而暗地里却想法子要弄死他。

机会是有把握的人自己创造出来的。

一天，郑庄公假传命令说自己要到雒邑王城辅助周王行政，姬段一听："呀，他杀我的机会没等到，反倒是我杀他的机会先来了啊！真是天助我也。"就带领自己暗中培养的士兵奇袭荥阳，谁知刚进城就被公子吕的伏兵给干掉了。可怜的小白脸长得够帅，却生得够蠢，死不瞑目啊！也因为这件事，郑庄公的母亲姜氏就发誓说："不及黄泉，永不相见。"庄公仁孝，听从大孝子颍考叔的办法，在地上挖了一条地道，一直挖出泉水即为黄泉，在地道中与母亲见面。这件事也被称为孝的典型。

郑庄公因为处理这件家事而荒废了在洛阳的职务。周平王就想让虢公忌父顶替郑庄公的职位，虢公不肯。郑庄公虽然人不在洛阳，可是有心腹潜伏。郑庄公知道平王的意思后，马上出现在平王的面前，并且以退为进地说："属下才疏学浅，不堪重任，老板还是另谋高就吧。"平王一听："郑伯万万不可如此，我是看你这么长时间不在公司，但是公司里的事又不能不干，就想让虢公代替你干两天，等你回来，他就走。"郑庄公继续装，说："这公司是你家的，就你说了算。虢公有能力有才华，而我年轻没有经验，你还是让他代替我吧。"平王说："你和你爹你爷爷，为了我们父子辛辛苦苦干了几十年，功劳无数，苦劳无数，疲劳亦无数。我心里都记着呢。你要还是不相信我对你的信任和重视，那你就让我的儿子姬狐到郑国做人质吧。”郑庄公说：“既然老板这样说，那我就免为其难地再干两年，我也把自己的儿子姬忽送过来，跟着老板好好学习学习。”就这样，周郑交质的事件就促成了。

后来，姬狐做了周桓王，回忆起寄人篱下的日子，真是一把鼻涕一把泪，就把郑庄公给炒了鱿鱼。郑庄公接到辞退信，气不打一处来：“奶奶的，我们老郑家三代元老，你说炒就炒，真没良心，好赖我也是你哥啊。你在郑国我对你还算不错吧？真是个忘恩负义的白眼狼。”这时候，郑庄公正在和齐国拜把子称兄弟呢，没工夫搭理桓王，就派大将祭足跑到洛阳王城外，把桓王家的小麦给割走了，又跑到成周城外把桓王家的稻子收割了稻穗（古河南有大象的存在，气候湿润温度高，故有稻子种植）。干了一通小偷小摸的强盗勾搭，郑庄公心理平衡了。而周桓王也只能在家里摔摔茶杯、叹叹气而已。

再后来，周桓王听说郑庄公想灭了宋国，自己心想：上次你偷了我家小麦的旧账还没有算呢，今天你敢打我的员工？打狗得看主人啊，你眼中没我，休怪我无情无义，咱们新账旧账一起算。就叫上陈、蔡、卫等一干打手气势汹汹地去了，带着不收拾了郑国不罢休的阵势。结果陈打手临阵退缩，周桓王被郑庄公手下的祝聃给射了一箭，只好郁闷而归。

天下诸侯一看，这大周王连自个儿都保护不了了，这软柿子绝对可以捏。

这是天下诸侯对周王产生不敬不屑的第三件事。

通过这三件事，周王在诸侯心目中彻底没有一点地位了。从此没有哪个诸侯迷恋周，周只是一个传说。周王也从此成了摆设，大家也都各自忙着自己的事，拉帮结派、拜码头、砍人抢地盘等等，热闹个没完没了。

我估计，周赧王时期，也正是因为周受不了没人理的寂寞，才分为东周和西周来玩的，这样平时打打架、砍砍人、赔赔礼、道道歉，增加了不少的生活情趣，多好啊！

当然，周也不是永远都那么寂寞的，偶尔也会有人想起来。

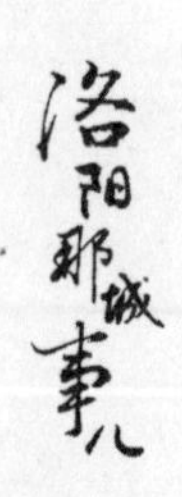

章十四 问鼎中原到洛阳

洛水暮烟横莽苍，邙山秋日露崔嵬。

须知此事堪为镜，莫遣黄金漫作堆。

——唐·张祜《洛阳感寓》

1 荆州熊起 楚王自立

大家都知道，这九鼎是大禹征服天下，勘定九州，坐上天下武林盟主的宝座之后，让九州分舵的舵主贡献青铜铸造而成。这九鼎是相当的华丽，上面铸造有各个州独有的名山大川、神奇异物，这一鼎就相当于一州，九鼎就是天下代表。说白了，就是这九鼎上刻的有九州详细的军事战略地形图，谁要敢不服盟主的权威，不听盟主的号令，灭了丫的。

九鼎铸成之后，没有离开过王都，历代帝王走哪带哪，跟夜壶似的。直到周公建立雒邑，平王将九鼎从朝歌移至洛阳王城。难道这是天命？没错，正如前文所说的那样，周公占卜，他已经成功地预测出大周会迁都雒邑，周室虽衰微，不够年份却不会轻易灭亡。历史的一切事实，都证明了周公的预测是正确的。

俗话说：匹夫无罪，怀璧其罪。翻译翻译就是：你没有错，有钱的你就是错上加错了。这是一种典型的仇富心理的表现。根据上文的叙述，天下诸侯确实是忙得不可开交，他们都忙着玩儿今天我们拜把子是兄弟，明天我就两肋插你两刀的游戏。他们坚信朋友是用来出卖的，兄弟是用来利用的信条。在利益和地盘面前一切都是扯淡。大家都在玩这种劳心劳力的游戏，自然就没有人再理会那弱弱的周了。但是，这九鼎虽然孤零零地立在王城的广场上，可是它们并不寂寞。因为有人很关注它们。

周定王时期，九鼎迎来了它们的第一个问候者——楚庄王，可惜，他只是个收破烂的，只是问问了鼎的轻重，连答案都没有问出来就灰溜溜地走了。

话说九州的最南端即为荆州，这荆州蛮荒之地，山林广袤，野兽横行，这样的极品地带自然得有极品的人才能开发利用。确实，楚国之先为芈（mǐ）姓，是鬻熊的后裔，人称熊氏。这荆蛮之地也只有熊氏能够好好开发利用了。这熊氏也不负众望，一路披荆斩棘、筚路蓝缕，开发了不少荒地，很快就成了地盘最大的国。周公分封的时候，都防着这个熊瞎子万一哪一天脑子缺根筋到中原闹腾一番，就不妙了，在汉阳封了好几个姬姓本家来提防着楚，而只给楚封了一个子爵，倒数第二的爵位，被蔑称为楚子——此“子”的意思绝非如孔子、老子一样的敬称，而绝对含有某种轻蔑的鄙视。

中原地区一片混乱的时候，楚熊氏埋头苦干，开了不少荒，挣了不少钱，还生了不少人。平王迁都洛阳的时候，楚子并没有派人去磕头上供。等到周平王去世，儿子桓王立的时候，楚子熊通来到洛阳，并不是为了庆贺，而是为了让自己升职涨工资。周桓王当然没答应。熊通回家一想：得，你不给我升职，我不跟你混了，反正山高皇帝远，你也管不着咱，咱何必不自己开公司，自己当老板。于是，熊通自己封自己为王，与周王平起平坐。从此，楚子成了楚王，熊通即楚武王。那个著名的骚人屈原就是熊通的儿子屈瑕的后代，当时芈、屈、黄、项为楚国皇室的四大姓氏。

楚子称王，中原的诸侯都不承认，楚王就很郁闷，一直想干出些成就让大家都看看，这熊瞎子不是胡吹的，这楚王也不是乱盖的。

2 召陵雌伏后的泓水争雄

直到楚成王的时候，觉得该向大家露一露牙齿了。于是楚成王准备率军北上，不过他还没出发呢，倒是齐桓公找上了门。那时候齐桓公称霸武林，被选为天下的武林盟主。齐桓公把小老婆蔡姬赶回了老家蔡国，蔡缪侯一怒之下就把自己的妹子另嫁给了楚成王，这一怒不打紧，却深深地伤害了齐桓公的面子：虽然是我扔的破鞋，但是她也只能在那里放着，谁都不许动，谁动我跟谁急。于是，齐哥很生气，后果很严重，他率领鲁、宋、陈、卫、郑、许、曹等八国联军洗劫了蔡国。本来就要去打楚国的，听说楚国很嚣张，想挑战一下武林盟主的权威。收拾楚国的愿望就更加强烈了。楚成王一看齐桓公人多势众，不怕吃亏也不愿弄个两败俱伤，就派屈完在召陵和齐桓公带领的八国联军签订了不平等条约。

等了好久终于等到今天，齐桓公死了。听到这个消息之后，楚庄王禁不住热泪盈眶，那不是悲伤的泪水，而是激动的泪水。因为他终于可以北上展示自己的实力了。

齐桓公死后，五子争权，齐国骤衰。宋襄公助齐孝公夺得爵位，因此闻名于诸侯。他也觉得自己够资格做盟主了，于是就蠢蠢欲动，接着就跃跃欲试，以武林盟主的地位自居，还召开武林大会。这时候楚成王正好来到中原，他来中原的目的就是展示自己的实力，如果可能，弄个盟主干干也不错。于是就和宋襄公在泓水（今河南省商丘市柘城县西北）打了一架，结果宋军大败，宋襄公中箭受重伤，不久便含恨而终。

说实在的，宋襄公就是一个棒槌。宋楚陈兵泓水两岸，宋军弱楚军强，宋襄公的手下公孙固劝宋襄公与楚讲和，宋襄公说："楚国虽然兵强马壮，但是一帮蛮子，全无仁义可言。我们却是仁义之师。不仁义的士兵怎么可能打赢仁义之师呢？"说完还可笑地做了一面锦旗，旗上绣着仁义二字，挂在中军帐上，用来抵挡楚军的飞矢。第二天，楚军渡河出战。公孙固又出谋划策道："等楚军渡河渡到一半的时候，我们杀过去，定能取胜。"宋襄公差一点一巴掌呼扇过去，指着仁义锦旗说："人家连河都没有渡完你就开打，这不破坏了游戏规则吗？那还配得上仁义之师？"楚军渡河之后，公孙固又说："趁这会儿楚军乱哄哄的还没有布阵，赶紧杀啊！"宋襄公怒道："你别在这儿瞎吵吵了，人家还没有站好队，你慌个什么？我们是仁义之师，你有一点操守行不行？"结果，楚军列阵完毕，一个冲锋，宋军就败了。宋襄公跑得慢，大腿上就挨了一箭。等宋襄公受着伤一瘸一拐地回国时，面临全国人民臭鸡蛋、烂咸菜的夹道谩骂式欢迎，宋襄公还高谈阔论说："我们仁义之师怎么着怎么着……"就这样一个蠢蛋，后世有些儒学家竟把他作为春秋五霸之一，真是丢份啊！

这一次，楚成王算是长脸了，好好地在中原诸侯面前秀了一把。"给力啊，给力啊！"楚成王娃哈哈地走了。

3 庄王称霸　问鼎洛阳

六年后，春秋之世的第二位霸主晋文公，在城濮之战中给楚成王彻底浇了一把冷水，一爽到底，灰溜溜地回老家了。从此只好隐忍不发，准备从头再来。可惜到了晚年，年纪大了，头脑发晕，犯了糊涂，准备废了太子商臣另立，可惜老年人就是弄不过年轻人啊，被自己的儿子派兵围堵，上吊自杀了。商臣就是楚穆王，此子在位做的最为后人称道、最有历史价值的一件事，不是逼死了自己的老爹，不是向南扩大了地盘，不是稳定了老家，而是生了一个好儿子——楚庄王。

咱们的主角终于上场了。

楚庄王绝对是一个心机深沉、善于潜伏的高手。他上台三年，面对嚣张的想要取代自己的令尹成嘉以及老爹死后的一堆烂摊子，却能做到不闻不问、天天花天酒地。而在三年后的一次歌舞宴席之上，楚庄王醉醺醺地喝着酒，色迷迷地看着艳舞，一派安逸。

这时，大夫伍举说："老板，天天看歌舞，都腻歪了，我们猜个谜语吧。"庄王说："就你鬼点子多，说吧。"伍举说："有一种鸟，停在老高老高的山上，三年不飞，三年也不叫，你说这是啥鸟啊？”苏从回答道：“不是傻鸟，就是死鸟。”

楚庄王满饮一爵酒，一擦嘴边的酒渍，深沉说出了那段流传了三千多年也不过时的名言：“此鸟三年不飞，一飞冲天；三年不鸣，一鸣惊人。”然后，这个整天喝酒玩女人的花花公子成功转型，成为一个合格的优秀的帝王。

楚庄王三下五除二搞定了国内叛乱，稳定了民心，发展了生产，团结了军民。然后登高一看，嘿，打败了自己爷爷的晋文公早已经死翘翘了，那中原的霸主舍我其谁呢？

于是，楚庄王奉行谁不听话就揍谁的既定方针，展开了自己称霸中原的行动。

没想到，第二任武林盟主晋文公死后，中原各路诸侯抢码头、报私仇厮杀不断，把自己的力量都浪费了在阶级斗争上，楚庄王轻而易举地就揍趴下了中原的所有对手，还干掉了黄河以南的犬戎蛮子，陈兵洛水河畔。

楚庄王望着洛水余晖，嘴角上扬，一派得意洋洋，心想：“我爷爷没干成的事，我完成了啊！嘿嘿，这旁边就是周地，不知道周王的宫殿可比我的中军帐舒服？”

周定王一听说南蛮子陈兵洛水河畔，吓得哪儿哪儿都软了，赶紧派大夫王孙满慰劳楚军。

王孙满一见楚庄王，双手一交，一个九十度的大鞠躬一拜到底，说：“好久不见啊，楚老板，我们老板说了，楚老板远来是客，这里有些酒肉金银，让兄弟们吃饱喝足好好乐和乐和！”

楚庄王道：“小子，别给我玩儿这些虚的。我听说你们老板家的那九只鼎不错，不知道几斤几两啊？可有俺的尿壶沉重？”

王孙满摸了摸自己不长的胡子，嘿嘿一笑，道：“楚老板说笑了，这统一天下的事呢，小老儿是不懂的，不过我听说，这一统天下的大事在于有没有德行，而不在于那几个破鼎！楚老板学贯中西，不会没有看过中原的史书吧？书上说，当年大禹王德行天下，九州牧才自愿奉献万金打造九鼎。”王孙满看了看满脸不屑的楚庄王，继续道：“想必楚老板也知道，夏桀无德，鼎就到了商都，商纣暴虐，鼎就到了我大周王城。”

楚庄王淡淡道：“如今这周室衰败，鼎是不是该挪挪窝了？”

王孙满依然带着淡淡的微笑，道：“楚老板信仰凤凰，相信天命，想必知道当年周公定鼎雒邑的那一夜，周公神卜的传说吧！”王孙满在楚庄王面前轻轻地说了一句：“周公神卜，周室三十世，受命七百余年（这就是周公占卜的第二个惊天秘密）。”然后又大声道：“周德虽衰，天命未改，鼎之轻重，未可问也，未可问也！”

楚庄王听见王孙满的话，一脸错愕，但是很快转变脸色，愤愤道：“我大楚泱泱大国，兵强马壮，就是把我们兵器上掉下来的渣滓攒起来，也够铸几尊鼎了，才不稀罕你那几个破玩意！”

王孙满笑笑，说：“楚老板财大气粗，说得甚是，说得甚是！”

楚庄王却愤恨地说：“传令，退兵！”

4 食肉的盛秦与食草的衰周

楚子就是楚子，即使称王了也依然改变不了暴发户的土气，楚庄王陈兵洛水，拥兵数万，不但连九鼎的毛儿都没看见，而且连九鼎有几斤几两都没有问到，就被天命吓跑了，真是愚不可及啊！看来这春秋第三霸的名号是名不副实了。相比楚人的胆识，老秦人实在是强太多了，这也难怪老秦人能灭了六国，统一了天下。

战国之世，秦国经商鞅变法国势渐强，秦惠文王在位称王，执政二十八年薨，惠王之子嬴荡继位，即秦武王。

此人威猛雄壮，天生神力，喜好角力，据说能举起大象。秦武王也喜欢大力士，孟贲（bēn，勇士）、乌获就是他的两名得力干将，都有双手搏二牛的力气。

秦武王曾经对手下说过："我有一个梦想，就是有一天能到洛阳，看一看中原的繁华，九鼎的威仪。"秦武王四年，右丞相甘茂攻占了韩国军事重镇宜阳，此地亦是洛阳门户。洛阳门户一开，秦武王率领着孟贲、乌获以及大将白起等千人秦军锐士进入洛阳周王城，这时候的周王是一位年轻的王，也是周最后一个王，周赧王。

这时候的周王已经没有了一丁点的老虎余威，但是武王还是客气地拜会了周天子，道："秦王拜会周王。"

周赧王虽是周的亡国之君，但是少年的周赧王却是个不简单的人物。周赧王同样拱手回礼道："你我周秦同宗，秦王来洛阳就像回自己家一样，不必客气。"

秦武王看着小孩儿挺懂事的，就亲切地笑了笑。

周太师颜率道："秦王大老远地赶来，接风宴已经准备好了，这边请吧。"

秦武王点点头，便入了座。但是对眼前的接风宴大吃一惊，堂堂的天子之都，接风洗尘之宴竟然只是一些萝卜青菜，想来周已经衰败至此，不可救药啊！秦武王看了一眼少年周王，周王一脸无辜，淡淡说："不好意思了，我周除了孤城一座，无民无地，又无人救济，现在能有的吃就不错了，哪敢挑剔，还望秦王海涵。"

秦武王一摆手道："哪里哪里，只是我老秦人粗鄙，无肉不欢，无酒不食。”说罢，对大将白起道：“取我老秦凤酒，再搬出行军牛羊鹿熊肉来。”

不一会儿，酒肉齐至，香气弥漫，周人个个双眼瞪直，默咽口水。秦武王大手一挥，道：“在座各位，不必客气，全部甩开了吃！”说完，率先狼吞虎咽起来，周人已经多年没有好好吃过一顿肉了，盯着桌案上的肉，个个眼泛绿光，如狼视羊，但周礼在前，只好细嚼慢咽，可看着案上的肉在减少，一个个开始加速咀嚼，只听满场咬肉、嚼肉、吞咽之声不绝于耳，如若不看场面，只听声音，当真如进了兽场一般。

5 秦王举鼎 灭周不远

酒足饭饱之后，秦武王对周天子道：“我有一个梦想，就是想看看天子王都的繁华，和九鼎的威仪。今天这顿肉宴算是对王都繁华的失望了。那九鼎还在，不知周王能否赏脸，借看一眼。”

周赧王一边剔牙一边含糊道：“哦，你说那破玩意儿啊，不能吃不能穿的，换个破烂儿又没有人能扛得动。还不如破水缸有用呢。呶，就在那边的广场上，秦王要是感兴趣就去看看吧。”

来到广场，看见了石龟底座上的九鼎，秦武王走到雍州鼎（秦之地在雍州）面前，摸了摸鼎足，道：“不知道这鼎有几斤几两啊？”

少年周赧王笑了笑，道：“问鼎中原的不知道有多少人，不过还没有一个人知道鼎的轻重。”

颜率皱起了两道白眉，却又勉力一笑：“九鼎老大了，无可秤量，史书也无记载，谁也不知几多重。平王迁鼎洛阳，因无大车可以载此重物，均用兵卒徒步拉运。国史记载：每鼎九万人牵挽，九鼎便需八十余万人之力。据老臣测算，一鼎大约近千钧之重，小万斤了。”

秦武王也笑道：“哦，是吗？那今天就让我称称鼎的重量吧。”对孟贲道：“老孟，你行不行？”

孟贲道：“不知道，老大，我试试吧。”

乌获说：“老孟，你行的，老乌我给你擂鼓加油！”顿时，擂鼓阵阵。

孟贲来到雍州鼎面前，绕着鼎转了三圈，往手上吐了一口唾沫，一搓手，握着鼎足，铆足了劲，气沉丹田，一声：“起！”只见大鼎纹丝不动，孟贲一直用力，用力再用力，直到最后大喝一声，脱力而亡，大鼎仍然岿然不动，

乌获见孟贲死，抱着孟贲的尸体，大喊：“老孟，老孟……”然后泪眼朦胧，对秦武王道：“老大，让我来试试，我要为老孟报仇。”

秦武王道：“老乌，你切记住，不可堕了我大秦的声威。”

乌获：“嗨！”一声应诺，擦了一把眼泪，便红着双眼来到雍州鼎面前。乌获双脚站稳，扎稳马步，化悲痛为力量，双臂抱住鼎的腰部，大喝一声：“啊！”便举鼎而起。鼎在缓缓地升起，周围围观的人大气都不敢出，生怕吓落了鼎。然而就在雍州鼎离地面不到三寸的地方，再也不能上升。伴随着乌获声音的衰竭，鼎轰然落地，荡起一片灰尘，而乌获双目圆睁、嘴巴张大，保持着双臂抱鼎的姿势气绝身亡。

秦武王来到乌获身边，合上他的双眼，把他从鼎上摘下来，放

在孟贲身边，轻声道：“老乌，你是好样的，你没有污蔑了我大秦的气势。看我举起神鼎，为你们报仇。”

秦武王来到雍州鼎面前，又摩挲了一下鼎足，柔声道：“雍州鼎啊，雍州鼎，跟着老哥回家吧！”说完，秦武王一手扣着鼎足，一手托着鼎底，双臂发力，浑身的肌肉似波浪般涌动，像石头般凝聚，而雍州鼎也慢慢地离开地面，像冉冉升起的太阳。周围秦军锐士山呼：“秦王万岁，秦王万岁……”鼎越举越高，渐渐地漫过头顶，而秦武王的脸色也越来越红。就在雍州鼎被举过头顶的那一刹那，只听：“嘭！嘭！”两声，只见秦武王脚上的牛皮战靴和腰间的犀牛皮宽腰带同时崩断，秦武王脚下一滑，雍州鼎顿时落下，鼎足重重砸在秦武王右腿之上，顿时血流如注……

秦军锐士一片哗然，大将白起赶紧上前……

这是一个悲惨的故事，亦是一个悲壮的故事。正是老秦人的这种霸气，老秦人的不屈服，老秦人的永不放弃、不怕牺牲才成就了千古伟业。

这个故事显然比楚子的故事惨烈得多，血腥得多，同时，这个故事的主人公也比楚子有成就得多，有霸业得多……

当然，九鼎的故事并没有完结，秦灭周之后，九鼎被迫迁居咸阳，可在路途中不知怎么就神秘地消失了，据说九鼎沉没在泗水彭城。我纳闷儿极了，秦国的咸阳在洛阳的西边，泗水彭城在山东，从洛阳运送九鼎到咸阳，怎么就掉进东边的泗水里了？难道九鼎不胫而走、不翼而飞到了山东的泗水？后来秦始皇巡游的时候，曾在泗水彭城打捞过，结果一无所获。

后世就再也没有见过这神秘九鼎的下落。

虽说后世帝王曾屡次重铸九鼎，以武则天万岁通元元年和宋徽宗崇宁三年两次最为有名，但是后世的重铸始终都是山寨版的，无法与大禹鼎媲美。九鼎的遗失亦是我中华之遗憾啊！如若九鼎仍在人间，那么最大最重的青铜器这个称号，就与司母戊大方鼎没有任何关系了。

章十五 尊王攘夷：春秋首霸是怎样炼成的

三军临朔野，驷马即戎行。

鼓吹威夷狄，旌轩溢洛阳。

——唐·李隆基《送张说巡边》

1 从姜小白到齐桓公

自平王迁都洛邑之后，周王先后受到秦国、鲁国、郑国的鄙视和欺负，天下诸侯就再也没人把他看在眼里了，一个个忙前忙后，几乎都忘记了天下还有周王的存在。不过，这天下人才辈出，确实有一个人独具慧眼，发现了周王这颗无人问津的棋子的绝妙好处，此人就是齐桓公的首席智囊——管仲，此人自编自导还参演了一场从流浪公子到天下霸主的大戏。

齐桓公生前叫姜小白，他大哥齐襄公在位的时候，好大喜功，南征北讨，荒淫无道，滥杀无辜，还做了一件可以上头版头条的花边新闻：齐襄公和自己的美女妹妹文姜有一腿，后来文姜嫁给了鲁桓公，自己去娶周天子的妹妹周王姬，周天子便让鲁桓公去齐国做证婚人。文姜按捺不住内心的思念之情，跟着鲁桓公到了齐国。齐襄公再次看见自己的妹妹，整个人都处于极度的兴奋中不能自拔，两人一个干柴一个烈火，碰在一起，一触即发，为了能和自己的妹妹长相厮守鸳鸯戏水，齐襄公就把鲁桓公灌醉，然后派弟弟姜彭生给鲁桓公弄了个醉驾而死的假事故现场。后来鲁国不断追问这事到底是怎么回事，不说清楚就告到法院去。齐襄公为了息事宁人，同意私了，便杀死了姜彭生，并赔了不少钱完事。从此一向约为兄弟相称的齐鲁两国，因为一个女人关系破裂，频频引发血案。就这样一个乱伦的败家子，活生生把齐庄公、齐僖公二公辛辛苦苦攒的家底给败了个一穷二白，就连另外两个弟弟姜纠和姜小白都被迫离家出走了。多行不义必自毙，齐襄公终于弄得众叛亲离、天怒人怨的下场，最后被自己的堂弟公孙无知派人弄死了，公孙无知自然被送上爵位。不久，暴虐的公孙无知又被大夫雍廪弄死，齐国成了国无君主的情况。

姜纠离家出走后找了个有钱有势的靠山——鲁国，齐国无君的消息传来的时候，姜纠赶紧行动起来，匆匆往家赶。顺便派了管仲在回家的必经之路上刺杀自己的竞争对手弟弟姜小白。管仲甚是了得，做啥懂啥，做狙击手便有狙击手的样子，他趴在草丛里三天三夜，终于盼来了匆匆回家的姜小白，弯弓射箭，一箭就射到了姜小白的腰上，姜小白“嗷”的一声倒地不动，管仲阴阴一笑，回去复命。姜纠一听姜小白已死，便放慢了回家的脚步。

咱先不管小白的死活，来分析一个字：“玉”字。“玉”字很简单，一个王字，一个点。这个点是一个示意，示意我们，玉这种东西就是挂在王腰间的玩意儿。这便是汉字造字法则“六书”之一的会意。

事实证明，我们的祖先实在是太有先见之明了。这小小的挂在腰间的玉，在关键时刻竟然起到了防弹衣的功效，而且效果很不错。管仲这一箭确实准确无误，准确无误地射中了姜小白腰间佩玉穿绳子的孔——这防弹衣虽小，作用不少——姜小白趁机装死，骗过了管仲，骗过了老哥。然后马不停蹄地回了家，趁纠哥还没有回家的当儿，登上了齐国的爵位，由此成为齐桓公。然后，快速组织部队，在半路给了纠哥敲了重重一记响锤。

然后，齐桓公的老师鲍叔牙给鲁国君写信道：“我徒弟小白已经继位，鲁侯你就死了立公子纠的那条心吧。你养着他只能浪费粮食，不如杀了他。公子纠的老师召忽、管仲是小白的仇人，你赶紧把他们送过来，让我们把他们剁成肉泥，不然的话，你就等待我齐国的大军压境吧！”此时鲁庄公担心怕事，就杀了公子纠，召忽讲义气，便自杀陪葬。

管仲聪明绝顶，他一点都不担心，他和鲍叔牙是过命的交情，俩人又是知己，曾经一起做生意，在洛阳的一条沟里分红利，那时候鲍叔牙特别照顾他，把本利的三分之二都分给了他，让他养家糊口。至今洛阳还有一个村庄叫分金沟，就是在管仲和鲍叔牙分红利的那条沟边上建成的。后来齐襄公把齐国搞得乌烟瘴气，姜小白和姜纠分成了两派，鲍叔牙问支持谁，管仲说咱俩一人支持一个，不管谁当家做主，都要推荐另一个人。管仲相信自己的朋友鲍叔牙是不会忘记当初两人订立的这个约定的。

② 树立“称霸天下”的伟大理想

管仲的猜测是没错的。鲍叔牙正是管仲的朋友，而且是千古可遇不可求的那种知己。

鲍叔牙对齐桓公说：“白啊，你跟老师说实话，你说你今生想成就多高的事业啊？是强大齐国，还是称霸天下？”齐桓公说：“老师，你懂我的，我的理想自然是让齐国成为天下的霸主。”鲍叔牙说：“既然如此，我实话告诉你，你要想成就天下霸业，必须得到一个人。”齐桓公说：“难道有老师在还不行吗？”鲍叔牙笑道：“傻孩子，老师的智慧和那个人比起来，简直就是天上地下啊！”齐桓公说：“世上真有这样的人？他是谁？”鲍叔牙说：“管仲。得管仲便得半个天下。”齐桓公摸摸腰，沉默了，那一箭差点要了自己的命，可是当想到被天下诸侯敬仰的快感时，他笑了，然后说：“老师，我听你的。”

于是，管仲就以齐国仇人的身份从鲁国押回，齐桓公亲自给他松绑，两个传奇的男人就这样相见了。经过三天三夜不眠不休的掏心窝的谈话，齐桓公觉得管仲就是他一生中的最爱：得到他，兴奋得无法呼吸；失去他，心痛得无法呼吸。然后，破格提拔，拜为丞相。管仲心里笑了，他明白自己成功了。他看了看身边的鲍叔牙，两人相顾点了点头。

人才是第一生产力，自古有之。管仲对齐桓公说：“要想建成高楼大厦，绝不能单凭一根木材；要汇成汪洋大海，绝不能仅靠几条溪流。要成就霸业，就必须任用各方面的人才。我给齐国推荐五个人才。”于是，隰朋做了教育部长；宁戚做了农业部长；王子城父做了国防部长；宾胥无做了司法部长；东郭牙做了检察院院长。

写到这，我忍不住插一句“题外话”：为了发展生产力，管仲当年甚至发明了今天被列入“黄赌毒”之一的色情产业，被后世读书人美其名曰“青楼文化”。我国妓文化源远流长，而源头就在齐桓公这里。

因为齐桓公和管仲好色，管仲便出主意说：“咱们开一家妓馆，集国家美女在一起，极品尤物咱们留着自己享受，次一些的就让她们在妓馆里接客，这样，社会上游手好闲的人就有事儿做了，减少了社会的不安定因素；另外，那些离家的商人们进入妓馆，留下钱财，这些钱我们可以作为财政收入，投入到军队中去；再者，还可以起到网罗他国人才的效果。一举三得，你觉得怎么样？”齐桓公不断称赞管仲的鬼点子多，于是管仲招聘妓女七百人，成立“女闾”，即中国最早的官营妓院。

此种职业由此被迅速推广，后来的越王勾践发明了服务于军队的营妓，后又被后世的小日本军国主义者借鉴并发扬光大。这种妓女行业不断发展变化，最终成为一种文化。尤其是唐宋的青楼文化产业，深深地影响了我国文学及文学作品的发展。

在“以强大国家为中心、以称霸天下为目标”的国家战略的宏观指导下，齐国上下一心，众志成城，不出五年，齐国国力就得到又好又快的发展，国民生产总值大涨，人民幸福指数骤高。齐桓公越来越激动，越来越兴奋，因为称霸天下的一天就要来了。

3 称霸第一战略：挟天子以令诸侯

齐桓公五年，齐桓公问管仲："老管，你说照咱现在的实力，召集天下诸侯，开个武林大会，推选武林盟主，你觉得怎么样？"管仲说："咱有这个实力不错，但是天下诸侯却不会听咱的啊！"齐桓公："噢？什么意思？"管仲说："这盟主本是周天子，诸侯都是他封的，虽说现在周天子势弱德孤，可谁会听咱们那一套呢？"齐桓公："你就没有办法了？"管仲："办法只有一个：尊王。"齐桓公疑惑："尊王？"管仲："对，我们扯着周天子的大旗，做我们自己想做的事，谁听话就给俩枣；谁不听话，就以天子的名义揍他。"齐桓公乐了："嘿嘿，这主意不错，不过……开始咋整啊？"管仲："这两天我正琢磨这事呢。前几天宋国不是内乱吗？宋御说（即宋桓公）刚平乱继位，根基不稳。而周王也刚刚继位，我们趁机派人到周王那里朝贺，并对周王提建议，让周王下令明确宋侯的国君地位。老大您手里有了天子的命令，再号令天下，主持武林大会，谁还能反对啊？"齐桓公拍着脑袋："好主意，好主意，就这样办。"

此时的周王即周釐（lí）王，是东周的第四代周王。上一次诸侯觐见天子都不知道是哪个猴年马月的事情了，周釐王竟然受到强大的齐国使者的觐见，周釐王怎一个激动了得！心里盘算着：难道是历代君王地下有知，我大周的第二春要来了吗？所以，当齐使者提出召集诸侯、确定宋国君位的建议时，周釐王立即答应了，这可是一次让天下诸侯想起周天子的好时机啊！

齐桓公有了周天子的命令在手，便向各诸侯发出通知，约定三月初一，在齐国北杏，举行大型聚会，庆祝宋侯国君地位。天下诸侯们看了看通知，大都一笑了之，扔进了垃圾桶，只有宋国，以及陈、邾、蔡这几个小国来到北杏。小白捶胸顿足，仰天高呼："太不给面子了，气煞我也！"管仲却说："老大你先别生气，俗话说三人成众，再加上我们共有五家诸侯，我们这会照开，饭照吃，酒照喝，先拉上几个弟兄，做一个好的开始，不愁以后我们没机会！"齐桓公一听，觉得是这个理儿，便和四家诸侯吃喝起来。

在聚会上，齐桓公频频向宋桓公举杯示好，并代表周天子向宋侯祝贺。宋桓公也一一承下，还有点小感动，觉得齐桓公人还不错，不但自己掏腰包办酒宴，邀请有头有脸的人给自己庆贺，还邀请了周天子的使者来，觉得倍儿有面子。也就是因为这次聚会，宋桓公成了齐桓公最得力的支持者和助手，除了犯糊涂的那一次，以后的每一次聚会，他都是第一个跳出来拍手支持的人；每一次揍人，他都是第一个拎棍冲锋的人。

菜过五味，酒过三巡，众人都酒醉醺醺、迷迷糊糊、昏昏沉沉的时候，齐桓公提议说："要不咱整个盟主吧？"这众人一来有点迷瞪，二来吃人家嘴软，拿人家手短，三来周天子的默许。得，一合计，便把盟主之位让给了齐桓公。史称"北杏会盟"，这是周历史上，第一次以诸侯的身份举行会盟。会盟之后的第一件事，便是灭了没有来参加会盟的小国——遂国，给大家一个小小的下马威。

有了第一次，便会有第二次。齐桓公灭了遂国，便向邻国鲁国下手，鲁庄公胆小怕事，请齐桓公到柯地喝酒赔罪。齐桓公有点小自满，没想到被鲁庄公的秘书曹沫拿剑给威逼了，丢份儿丢大了。从此痛定思痛，以后秘书敬酒坚决不喝，老板敬酒秘书代喝，除非重大场合的重要人物才在秘书的陪同下亲自喝。

齐桓公八年的时候，宋桓公犯糊涂了，想退出北杏会盟签订的合同单干。齐桓公不干了，他叫上陈、蔡两兄弟准备好好收拾收拾这个不守信用的家伙。不过，管仲给齐桓公的建议还是利用周天子这张牌，这张牌虽小却是张王牌。于是齐桓公派人提上两箱脑白金、黄金搭档什么的便去给周天子送礼，并给宋国穿小鞋。周天子一听，说："哥老了，不中用了，不如派我的秘书单伯跟着你，要干什么都随你，我的秘书听你的一切指挥。"齐桓公就派单伯去忽悠宋桓公："周老大说了，你单方面撕毁合同是违法的。你也看到了，以后我肯定要做武林盟主的，你继续跟着我干，我就当这事没发生过，再给你几十万零花钱请兄弟们喝茶，你觉得怎么样？"宋桓公小算盘一打，觉得跟着齐桓公有肉吃，就说："好，那以后我就跟着你混了。"

第二年冬天，齐桓公就带着周天子的秘书在鄄（juàn，今山东省荷泽市鄄城县北）地又搞了一次聚会，天下诸侯看见周天子的私人秘书一心支持齐桓公，心里都有点小同意齐桓公做盟主。从这次聚会起，以后的每一次聚会齐桓公都会带上周天子的私人秘书，有周天子私人秘书的公关，齐桓公的盟主事业之路走得更快、更稳、更远。

齐桓公八年，齐桓公狠了狠心，在幽地搞了一次更高级别的大型聚会，请了不少知名明星名模陪鲁、宋、陈、卫、郑、许、滑、滕等国君喝酒吃饭，在明星名模的软硬攻势下，诸侯都尝到了甜头，一个个都拥立齐桓公做盟主。可见，"会议"也是生产力，难怪今天的中国对会议趋之若鹜。

 称霸第二战略：攘夷狄以威天下

齐桓公十二年，管仲给齐桓公出主意说：“戎狄不是老跟周老大过不去吗？咱们打出广告就说，要给周老大报仇雪耻，讨伐戎狄，肯定能吸引诸侯的眼球，拉到不少选票。这就是我的计划的第二步：攘夷。”齐桓公竖起大拇指：“高，实在是高。”于是就花大资金做广告，扯着一面巨大的“扫除戎狄，一匡天下”锦旗，浩浩荡荡地出发了。这一趟基本就是去旅游的，几乎连戎狄的毛都没有见到，倒是吃着野餐唱着歌游山玩水了一把就回来了。但是，由于广告做得好，宣传得极其到位，好评如潮。不久，便有许许多多的诸侯跟他签合同，同意他作为盟主。齐桓公这下发了，整天数钱数到手抽筋，做梦都能笑醒。做老大的感觉真好！

就这样爽了几年，齐桓公觉得无聊了，想找点事干干，就去问管仲：“老管啊，哥老觉得寂寞！老想干点啥事，出去旅旅游也行啊！”管仲说：“我正有事找你呢。前两天燕国来信说被山戎打劫了，你说现在他是咱们的小弟，作为大哥能不出头吗？”齐桓公一听乐了：“揍丫的啊！我也老想活动活动筋骨了，叫上老宋他们一起去，人多力量大嘛，吓也吓死他们。”

于是，浩浩荡荡的多国联军就开进了东北的燕国境内。山戎头子一听说多国联军来了，一拍大腿：“坏事了，赶紧撤吧！趁他们不熟悉地形，往林子里撤。”山戎小贼们化整为零消失在莽莽林海中，无处寻觅了。齐桓公说：“还没开打呢就跑了，贼没劲，不如搜山吧。”谁知大军竟然迷失在了茫茫的林海之中，找不到回家的

路。众人急坏了，有人在心里暗骂齐桓公傻逼，不知道路你剿个屁匪啊！

这时，管仲又出来了，此人绝对跟后世的诸葛亮有一拼，管仲说：“白啊，以后遇事不要冲动，冲动是魔鬼。你看看迷路了吧？”齐桓公说：“老管，我错了，我以后再也不会犯这种左倾激进主义错误了。可现在我们怎么回去啊？”管仲说：“不急，饭要一口口地吃，路要一步步地走，走得太快容易扯到蛋。咱们军中不是有不少老马吗？放出来，咱们跟着老马走，老马识途嘛，咱们定能出去。”于是，“老马识途”的故事就这样诞生了。后来，在齐桓公的刻意追杀下，还是给了山戎一个小小的惩罚。

击退了山戎，燕庄公送齐桓公回家，齐桓公拍着燕庄公的肩膀，语重心长地说：“老燕啊，有事没事提二斤点心去看看老周，这么多年，他过得不容易啊！想当年周公在世的时候，他也辉煌过，荣耀过，毕竟我们的祖宗还是他分封的嘛。做人，要有良心。”燕庄公说：“齐哥，大恩不言谢。这次老哥你不但帮我把山戎小贼给解决了，还打下令支、孤竹给我。这次小弟欠你，以后有什么需要的，小弟我赴汤蹈火，死不旋踵。过两天我就亲自去看看老周，齐哥放心吧！”齐桓公又拍了拍燕庄公的肩膀，道：“就送到这吧，保重！”齐桓公的这番话正好被旁边的周天子的秘书听到，并记录下来发给了周天子，周天子感动之余又公布于天下，齐桓公在人民心中的地位更加稳固了。

刚回来没多久，就听说邢国被另一伙狄人给抢劫了。齐桓公二话没说，拉上宋、曹两国就去了。听说了齐桓公带兵灭了欺负燕国的山戎的故事，吓得这伙狄人赶紧撤退，发誓只要姜小白不死，就不再抢劫邢国。这誓言齐桓公当然听不见，为了安全起见，就出钱出物出劳力帮邢国迁都，远离戎狄聚居区。

又不久，听说卫懿公把卫国给亡了，全国只有七百国人死里逃生。怎么回事？一打听才知道，原来卫懿公太喜欢鹤，给鹤封官加爵，驱车架马，丫鬟伺候，捧在手里怕飞了，含在嘴里怕化了，藏在心里怕闷了，比亲爹还亲，比独子还娇，比金玉还贵，比江山还重——与之一比较，后世的林和靖梅妻鹤子就有点小儿科了。卫懿公爱仙鹤不爱江山，不管不顾人民死活，弄得民怨四起、民不聊生。北狄趁着齐桓公到东北灭山戎的空档，狠狠地抢了邢国一把。齐桓公带兵救邢国，北狄便带人灭了正在载鹤出游、优哉游哉的卫懿公。卫懿公驾鹤西游后，齐桓公再一次发扬了大国的无私奉献精神，出钱出物出劳力帮助卫国建都建国。卫文公一激动，文思迸发，出口成章，唱了一首流传千古的流行歌曲：“我给你个木瓜，你给我个琼瑶，这真是哥们儿啊，咱哥儿俩永世哥儿俩好……”

原文比我翻译的流传得更广：“投我以木瓜兮，报之以琼琚；匪报也，永以为好也。投我以木桃兮，报之以琼瑶；匪报也，永以为好也。投我以木李，报之以琼玖；匪报也，永以为好也”。用成语概括就是“投桃报李”。

齐桓公帮助燕、邢、卫三国的事，像风一样传遍了九州大陆，天下诸侯都觉得齐桓公有钱有势还讲义气，跟着他不但有肉吃还不受欺负，这老大认得值，真他奶奶的值。

5 “尊王”与“攘夷”难分难舍

齐桓公二十九年，齐桓公听说楚蛮子自己称王了，还欺负自己的小弟郑国，心里极度不平衡：自己出钱出力给天下诸侯擦屁股当保姆，还没有混上王的称号，你一蛮子敢称王？胆子真不小，不把你揍得找不着北，我就不姓姜。

齐桓公心情本来就不好，和自己的小老婆蔡姬在自己家后花园的游泳池里划船解闷。蔡姬老家离水近，从小就喜欢水，于是在船上使劲地晃啊晃，差点把船晃翻了。齐桓公是个旱鸭子，吓得半死，让蔡姬赶紧停下来。蔡姬越晃越起劲，根本不甩齐桓公。齐桓公愤怒极了，把蔡姬赶回了娘家。蔡穆侯一看妹妹被遣送回家，心里不痛快，骂齐桓公不地道，不给自己面子。于是就把蔡姬转嫁给了楚成王。齐桓公心里更加恼怒，就在阳谷弄了个大聚会，商讨伐楚大事，顺便灭了蔡国，出一出胸中的这口恶气。

第二年，齐桓公便率领八国联军灭了蔡国，俘虏了蔡穆侯，又逼迫楚国，在召陵签订不平等条约，有效地遏制了楚蛮子北上称霸的野心。

之后，周王室又出现了更立太子的事件，一生霸业都没有离开过周天子的齐桓公并没有袖手旁观，而是直接派兵干预，把亲近齐国的姬郑拥立为太子，并扶姬郑为周天子，即为周襄王。不仅如此，还出钱出力帮周襄王盖了新家。

齐桓公三十五年，齐桓公在葵丘举行了他这一生中最大最豪华的聚会。这次大会上，周天子派自己的私人秘书拿着王室祭庙所用的胙肉、彤弓矢以及天子车马来给齐桓公祝贺。齐桓公的事业达到了顶峰，齐桓公也成了乱世春秋的第一位霸主。而齐桓公一生事业的成功，正是和衰败的无人理会的周天子紧密联系在一起的。

春秋的第二位霸主晋文公紧随齐桓公成功的脚印，事事也与周天子穿线挂钩，也成就了乱世霸业。

在两位霸主的保护下，东周算是度过了自己的第二春，在两位霸主去世之后，东周就混得不怎么地了。

后世那个被称为乱世之枭雄，治世之能臣的曹操正是受了齐桓公成功事业的启发，才挟天子以令诸侯，成就了生前的霸业。这就是偶像的力量。

我常常想，即使今天的唯一超级大国美国，也不经意间常常采用齐桓公的称霸战略，历史上多次借联合国的名义出兵他国。可见，“尊王攘夷”并不过时。

章十六　雒邑，我来了啊！

洛阳城里春光好，洛阳才子他乡老。

——唐·韦庄《菩萨蛮》

 天生的“老子”

我们中国的文化是一种祖宗文化，我们相信祖宗，迷恋祖宗，敬畏祖宗，崇拜祖宗，凡是祖宗说的都是对的，凡是祖宗的指示我们必须坚决执行。就连骂人的时候，只要弱弱的“问候”一声你的祖宗先人，甚至单单地提到父母的名字，那便是莫大的侮辱。也因为此，我们不论古人今人不忘宗庙祭祀祭奠祖宗；也因为此，我们的先人历朝历代不忘编书修史铭记祖宗功德以及给后人的警示；也因为此，我们总是寻根溯源，苦苦追寻祖宗足迹先人功业……

这种祖宗文化通俗一点说就叫“爷”文化，外国人动不动就是

“上帝”、“天主”、“真主”等等，我们却是老天爷、财神爷、土地爷、灶王爷……等等等等，不一而足。不管是祖宗文化、爷文化，在民间的发展就是“老”文化。这个“老”字蕴含了我们先人无尽的敬畏尊崇之意，因为老人无疑是见多识广的人，经验丰富的人。古人称老夫子，那是尊称；纪晓岚私下称乾隆为老头子，黄埔将军们私下里称蒋介石为老头子，那都是尊称加敬称。我们称兽之王为老虎，称鸟之王为老鹰，称头头儿为老大，称家长为老爷，称上司为老板，称教育者为老师，这其中的老字都含有尊崇敬畏之意。因此，冠之以“老”字的人或动物都是极其厉害的那种。

俗话说：瘦死的骆驼比马大。我们衰败颓唐的大周已经没落得靠别人的救济苟活于世的时候，仍然藏有“爷”级的人物，此人正是“天下第一”的以“老”为“姓”的哲学家、思想家、教育家、“道家”、养生家、神学家……众家合一的神人——老子。

相传此子从出生就甚是诡异。其母亲理氏在河边洗衣服，看见上游漂下来一大黄李子，忍不住吃了下去，便怀了孕，这一怀孕便是漫长的痛苦等待。世人皆知，怀胎十月，瓜熟蒂落。而理氏却辛辛苦苦等了八十一年，才功德圆满从腋下生下一子。出生的方式竟和西方的佛祖一样，这难道是巧合？单单是这孕育的时间之久便可以申请吉尼斯纪录。

以前看书说，古代男女结婚甚早，约摸十一二三岁，还觉惊讶，从老子他妈怀胎八十一年的故事来看，确有其事。古人还说人生七十古来稀，这句话用在老子一家子身上都是浮云了，老子他妈至少活了136岁（若老子妈12岁结婚同年怀孕，老子13岁到周求学的时候，他妈他爸还为之担心，三十年后，老子妈去世，老子归家看破生死），老子他爸也100岁以上，老子本人有史记载都160余岁，加上在肚子里的八十一年就是240多岁，绝对的长寿之家，这又是一个吉尼斯纪录啊！

老子生下来之后白眉白发白胡子，统统都是老人的相貌特征，故此名曰老子，形象贴切。老子他爸他妈的心理承受能力，接受新事物的能力都很强，竟然没有为这样一个怪胎感到惊讶和不安，真是奇也怪哉！

2 保送到洛阳上大学少年班

老子虽是个小孩，可也有八十一年的智慧，为了孩子的未来，老子他爸趁早结束了他欢乐的童年生涯，给他请了一个博士级的家庭教师容商，此人通天文地理，博古今礼仪，懂观星占卜，会经世治国。

然而我们可爱的老子同学是一个喜欢问为什么的问题男孩，他问容商的第一个问题是："老师，宇宙的起源是什么？"（清之穷尽为何物）容商是个书呆子，老老实实地回答："我老师没教过，书上没有写，我不知道。"（先贤未传，古籍未载，愚师不敢妄言）于是，小老子就夜观天象，想自己发掘宇宙的奥秘……

有一天，容商给老子讲："天要下雨，娘要嫁人，谁都管不住。"（六合之中，天地人物存焉。天有天道，地有地理，人有人伦，物有物性。有天道，故日月星辰可行也；有地理，故山川江海可成也；有人伦，故尊卑长幼可分也。有物性，故长短坚脆可别也）

老子就问："这是为什么呢？是谁规定的？"（日月星辰，

何人推而行之？山川江海，何人造而成之？尊卑长幼，何人定而分之？长短坚脆，何人划而别之）容商说：“这个嘛，当然是老天爷规定的。”（皆神所为也）

老子又问：“老天爷？老天爷是什么东西啊？他有什么能耐？”（神何以可为也）容商：“老天爷无所不能，无所不知。”（神有变化之能。造物之功，故可为也）

老子：“是吗？那他能不能造出一块他举不起来的石头，写出一个他解答不出来的数学题？”容商擦擦额头上的汗：“呃，嗯，啊，这个嘛，这个嘛……我老师没教过，书上没有写，我不知道。”（先贤未传，古籍未载，愚师不敢妄言）于是小孩自己盯着自己家后院的竹子使劲地想，使劲地想，三天三夜不吃饭，想自己找出问题的答案……

又一日，容商说：“国君是老天爷的法人代表，是我们的老大，我们都得无条件听从。”（君者，代天理世者也；民者，君之所御者也。君不行天意则废，民不顺君牧则罪，此乃治国之道也）老子：“这是为什么呢？难道国君犯错误了我们也得跟着错？”（民生非为君也，不顺君牧则其理可解。君生乃天之意也，君背天意是何道理）容商：“那没办法，总得统一行动听指挥不是？”（神遣君代天理世。君生则如将在外也；将在外则君命有所不受。君出世则天意有所不领）老子说：“你不是说老天爷很牛吗？他为什么不派一个不会犯错的作为法人代表呢？”（神有变化之能，造物之功，何以不造听命之君乎）容商擦擦汗：“呃，嗯，啊，这个嘛，这个嘛……我老师没教过，书上没有写，我不知道。”（先圣未传，古籍未载，愚师不敢妄言）于是，老子坐在自己家门口，看见一个人走来就问，无人能答，便自己坐在雨中思考……

再一日……

终于，容商扛不住了，他几乎要被老子问题整疯了，整天思维高度紧张，精神已经到了崩溃的边缘。于是对老子的爹妈说："这娃儿太聪明了，我能教的他都学会了，就连我不会的他自己差不多也会了。不过为了让他更加精进，为以后能找个好工作，我建议让他入周去学习。那里有全国最大的图书馆，有全国最好的硬件设施和师资力量。"老子爸说："娃儿还小，才13岁，一个人出远门我不放心啊！再说了，大周又没有我们家的亲戚朋友，找不到熟人，娃儿想进去都难啊！"

容商说："这个你就别操心了。大周国立大学（太学）的校长是我的师兄，他是全国最好的博士生导师，比我的学问好，又是国家正部级干部（太史，教育部部长），全国有不少著名的博士生都是他的徒子徒孙，他家里还资助了不少像娃儿这样的神童。我给他写封信，推荐娃儿跟着他。让娃儿跟着他有前途。"老子爸妈想，为了孩子的前途就这么着吧。

于是老子爸妈抱着老子哭了老长时间，又亲自收拾好随身物品，又亲手纳了两双鞋，给老子带上，便泪别了。临走，老子妈踮着脚，流着泪，挥手再见，遥喊："娃儿，到了大学别忘了给家里来封信！"就这样，老子踏上了入周求学之路。

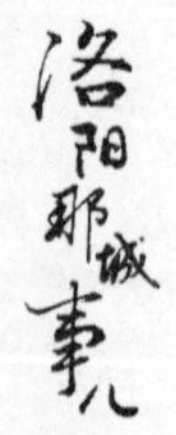

3 孔子入周求教老子

老子来到洛阳说的第一句话就是："雒邑！我来了啊。"然后他就走进了被保送上的公费国立大学，从此开始了自己努力刻苦的学习生涯。

老子在大学里从不谈恋爱、打游戏、上网、赌博，他把“好好学习，天天向上”八个字刻在宿舍的床铺上，一睁眼就能看见。他也一门心思只有学习学习再学习，生活只有图书馆——食堂——宿舍三点一线。在这座国家最大、藏书最全的图书馆里，老子如鱼得水，无书不读、无书不背，什么经史子集、天文地理、星相占卜、人伦法制、巫医神学等等乱七八糟通通一扫而光，不单单是读背，还做读书笔记，写读后感，自己不懂就问，别人不懂就想，想不出就使劲想，直到有了答案为止。终于，三年内老子把本科、硕士、博士、博士后等学位证都拿到了，还拿到了多个博士学位。对于这样的优秀人才，大周天子当然看在眼里，一句话：“赏！让他直接做官。”然后老子就有了国家图书馆馆长的职位。老子也很快声名远扬，闻名遐迩，就连边远地区的鲁国都听说了老子的故事。这时候，孔夫子已经33岁了，也成了闻名全国的博士生导师。

孔夫子最崇拜的人就是自己鲁国的祖宗周公，周公制礼作乐，分封诸侯，一辈子忠心耿耿、兢兢业业、尽心尽力为大周服务。孔夫子知道，自己的偶像虽然封地在鲁国，可一生几乎都在雒邑度过，而现在，雒邑又出了一个名人老子，更加让他心驰神往、茶饭不思。经过三天三夜激烈的思想斗争，孔夫子决定入周。

孔夫子是个聪明人，偶尔也要个小聪明。他想到千里之外的周去拜访老子，但是自己囊中羞涩，又不好意思借钱，他便把自己的计划告诉了自己弟子南宫敬叔：“我听说现任国家图书馆馆长老子是一个博古通今的人，洛阳又是我的偶像周公生前居住的地方，我想去看看，问问老子周礼为何物，再瞻仰瞻仰偶像的遗迹。你想跟我一块去吗？”南宫敬叔是鲁国的大夫，一听老师想入周旅游观光，便说：“没问题啊！我去跟国君商量一下，争取弄个公费参观旅游的资格。”孔夫子高兴极了：“那感情好啊！你快去快回！”鲁侯准了南宫敬叔的建议，派了一辆QQ、一个司机和一个书童（一车二马一童一御，士级别的待遇）就送孔夫子和南宫敬叔入周了。

没想到，孔夫子来到洛阳的第一句话也是：“雒邑，我来了啊！”然后，才依依不舍地穿过热闹的大街小巷，来到国立大学，去找老子。

老子是个和蔼可亲不拿架子的人，看见孔夫子来了，便带着他游遍洛阳城的名胜古迹，吃遍洛阳的特色小吃，看遍洛阳的民间艺术，玩遍洛阳的游戏玩艺。老子还带着孔夫子去拜访了自己的好友苌弘。

苌弘本是洛阳本地人，做过周灵王、景王、敬王时的大夫，又是国家特级音乐大师。老子带着孔子来的时候，他刚好创作了“韶乐”，就亲自为孔夫子弹奏了一遍，这一曲当真让孔夫子心潮澎湃、心情激荡，一度三日不知肉味，差一点放弃了自己的儒学跟着苌弘玩音乐。音乐有音乐的魅力，就连圣人都扛不住！而今洛阳王城公园内新建有“韶台”，上有一套仿古编钟，乐工经常演奏古乐，可使人领略当年韶乐的余韵。

然后，老子又带着孔夫子观看了祭神大典，参加了庙会礼仪，考察了宣教之地，参观了周公故居、周公庙等周公的遗迹。

等观光观累，小吃吃饱，入周的兴奋劲新鲜劲过后，孔夫子才想起自己此行是来问礼的，于是便问老子：“老哥哥啊，你说这周公制礼是什么礼啊？”老子说：“你呀别整那些没用的，你要问的那些人那些事早烂茅坑里了。是好汉，就要抓住时代的机遇，做出一番大事业。你没有听说过吗？有钱人都爱装穷，有德的人却爱装笨。这无非就是装逼，但是有时候装逼才是王道。收起你那可怜的骄气和可悲的想入非非不切实际的想法吧，踏踏实实地做一个实在的人，一个纯粹的人，一个老实的人，这样才是一个最可爱的人。我要告诉你的就这些。”（子所言者，其人与骨皆已朽矣，独其言在耳。且君子得其时则驾，不得其时则蓬累而行。吾闻之，良贾深藏若虚，君子盛德，容貌若愚。去子之骄气与多欲，态色与淫志，是皆无益于子之身。吾所以告子，若是而已）孔夫子心里不服，却连连点头称是。

盘桓数日，孔夫子有点水土不服，准备启程回国。老子来送他，给了他这样的临别赠言：“那些粗鄙的俗人才送钱送礼，咱们都是高雅的人，我就送你几句忠言：观察问题很透彻、言辞犀利善辩的人，如果遭遇到危及自身生命的事，主要原因就在于他好议论人、揭人的短处！作为子女和人臣，言语和行动都不能只考虑到自己！你要谨记我今天说的话。”（吾闻之，富贵者送人以财，仁义者送人以言。吾不富不贵，无财以送汝；愿以数言相送。当今之世，聪明而深察者，其所以遇难而几至于死，在于好讥人之非也；善辩而通达者，其所以招祸而屡至于身，在于好扬人之恶也。为人之子，勿以己为高；为人之臣，勿以己为上，望汝切记）

看到老子的临别赠言，我真想说一句：老子真乃神人也！他似乎早已算无遗策地知道了儒士的下场，这一句好议论人、揭人短处确实是儒家的偏好之一。自秦始皇统一六国之后，把天下的知识分子都聚集在一块，封了几个博士院士还分房分车分钱，但是这一帮子儒生不懂法、不知法更不愿意去了解法律的好处，去感受法治社会的优越，盲目地批判法治，甚至睁着眼睛说瞎话，破坏社会和谐，最后秦始皇终于忍无可忍，才接受了李斯的建议，狠心下了坑儒令。不是老秦人狠毒，实乃这帮儒生太可恶太可恨啊！孔夫子当着老子的面，频频点头称是，跟个孙子似的，后来他的所作所为以及他徒子徒孙的所作所为，实在是不敢让人恭维，难怪春秋战国乱世，儒家所面见的国君个个都认真地听他们说话，不敢得罪他们，却没有一个人愿意用他们，还得好酒好肉好招待，大而不当，华而不实，用之亡国，不用则招来不重视人才的诽谤，真是做人难，做国君更难啊！

孔老二回国之后，自认为见过大世面大人物，有了吹牛的资本，总是和子弟们聚集在大树下牛棚旁，一张破桌一壶凉水，拍着桌子，大声道："你们猜我到雒邑周城见到谁了？"弟子们配合道："见到谁了？"孔老二抚着桌边，喝了一口凉水，道："老子。"弟子们："老子？他是不是像传说中那么牛？"孔老二："哎哟喂，那何止是像传说中那么牛，那是真牛。看见那鸟了没有？我知道它能飞，还知道它飞仨时辰就得休息；看见那缸里的鱼了吗？我知道它会游，还知道它不游也沉不下去；看见那边树林中的野兽了吗？我知道那东西力气大，跑得快，还知道它不饿极了不吃人。"孔老二停下来又喝了一口凉水，接着说："我能用网抓鸟，能用钩钓鱼，能用枪打兽，可就是不知道用什么来对付龙。龙，你们知道吗？那可是上天入地无所不能，前世今生无所不知啊！而老子，你们知道老子像什么吗？"众弟子假装惊讶："难道像龙？"孔老二："对，老子就像龙一样。我都看不透他，他真厉害啊！"说完，孔老二再一次陷入了像初恋那样的回忆中……

到后来，孔夫子的不知第几代徒孙发迹了，便回想起孔夫子入周的故事，很想弄一个"孔夫子到此一游"什么的标志性建筑，可一直没有实施。直到清朝雍正年间，河南知府张汉，还记得这个人吧？就是立“召伯甘棠听政”石碑的那哥们儿，拉上洛阳县令郭朝，合计合计凑了点钱，弄了个大石碑，上书“孔夫子到此一游”（“孔子入周问礼乐至此”）才算罢了。至今，洛阳老城东关大街的东通巷，仍保存有这块石碑。

老子不干了

孔夫子回家后不久，周发生了王子姬朝之乱。按照后世的划分，这时候已经到了春秋的末期，中原那几位尊王攘夷攘楚的霸主时代已经过了，没有霸主庇佑的周更加混乱不堪。景王死后，按照周礼传嫡不传庶，传长不传贤的规矩，把王位传给了长子姬猛，庶子一想天下都乱成这样子了，谁还在乎几百年前的破规矩？做做周天子应该不错。于是就带着一帮子流氓和自已本家的人来夺王位。要说这姬猛也真够衰的，就几百流氓和本家的几个叔叔大爷就把姬猛的王师给灭了，难怪给了他一个周悼王的谥号。姬猛败了，就跑到晋国寄人篱下。

晋国一想，这天天养着这样一个大爷也不是个事儿啊，就领着悼王回周王城抢地盘，可刚来没多久周悼王就挂了。悼王临死都不愿那庶子姬朝坐王位，便传给了弟弟姬匄（gài），即周敬王。周敬王没在老家王城呆两年，便被姬朝给赶走了，跑到狄泉做了东王。而霸占王城的姬朝被称为西王。可没过多久，周室的老牌保镖郑国的郑定公看不下去了，便跑到晋国找帮手，足足商量了一年时间，才约定了晋、鲁、宋、卫、郑、曹、邾（ zhū，今山东省邹城市）、滕、薛、小邾（在今山东省枣庄市）等一帮子打手来收拾姬朝，打了半年，姬朝不敌，席卷了周王城的金银财宝、秘密材料等投奔楚国去了。周敬王在破烂不堪的王城住了四年，终于受不了那夏天热死人、冬天冻死人的破屋，集体搬迁，跑到成周城去了。

按理说，周家兄弟掐架不关老子屁事，大不了国家图书馆换个老板而已，馆长还是老子担任。可姬朝不厚道，临走的时候把图书馆的重要文件、古本孤本书籍等等也带走了，弄得老子只能看着书架兴叹了。然后，敬王又搬迁到了成周城，老子对那里没有感情，干脆就辞职不干了。

老子骑着一头青牛——注意这头牛，因为老子骑的是牛，故此后世才称道士为牛鼻子老道——逍遥快活地旅游去了。有一天，老子突发奇想，往东能到大海，那往西能到哪呢？于是就跟着感觉走，来到了老秦地盘的函谷关。

函谷关的看门老大爷（关令）尹喜可不是一般人，此人曾经是楚国的大夫，从小研究周易八卦、星相占卜什么的，是个半仙儿。他看见老子骑着青牛来了，一观天象，哟呵，紫气东来，此人修为在我之上啊！那我就来他个雁过拔毛。于是，尹喜对想入关的老子说："此树是我栽，此路是我开，要从此路过，留下买路财。"

老子说："小子，你睁眼瞎啊！你没看见我是个穷困潦倒的百岁老头？我正准备向你讨碗水喝，讨口饭吃呢！"

尹喜说："那没关系，看你白发白眉白衣白须，貌似是个有学问的人，小子我生平最喜欢读书人，你给写几句呗？"

老子说："可有稿费？"

尹喜说："一天管三顿，一顿仨馒头两咸菜，外加一壶烧刀子，你觉得怎么样？"

老子："好，就照你说的先弄仨馒头俩咸菜垫垫底儿，烧刀子就不要了，可有米酒甜酒？没有白开水也行。"

尹喜说："你可真不肯吃亏啊！咱边吃边聊。"

吃完饭，老子就开始写书。其实老子在路上都已经打好腹稿了，为了多吃两天饭，才慢慢腾腾地写了好几天，数一数五千字，差不多了，便搁下笔。这就是名震千古的道家经典《道德经》。

尹喜不太满意，说："这么多天管吃管住才写这么几个字，你糊弄我啊！"老子说："你读读看，那可是字字珠玑，以一当千啊！"

尹喜一读，还真不赖，又一读，真好，再一读，"啪！"跪地上了，死活不肯起来。

老子吓了一跳，赶紧躲一边去，问：你要干什么？

尹喜：你要是不收我为徒，我就跪死在这里不起来。

老子：我想去遥远的西方啊，这路途遥远，万苦千辛。

尹喜：我不在乎。

老子：那好吧，我们多备干粮多备水，这就出发。

尹喜高兴得跳起来，喊着师父，然后就准备干粮和水去了。

后来，尹喜也成了一代道家大师，著作有《关尹子》，令后世敬仰。据道家传说，尹喜跟着老子去了很多地方，甚至还跑到了古印度，见到了正在苦恼的乔达摩·悉达多，也就是佛祖释迦牟尼佛，老子忍不住还点化了他两句，帮他开悟成道。再后来，东汉明帝做梦梦见佛祖，白马驮经把佛法引进中国，这是后话。至于再后来有多事的道家，为了和佛教争夺国教地位，采用不正当竞争手段，不惜制造伪经《老子化胡经》，说老子曾游印度教化外人，则更荒诞不经了。

章十七　“口才帝”苏秦

醉卧不知白日暮，有时空望孤云高。

长河浪头连天黑，津吏停舟渡不得。

郑国游人未及家，洛阳行子空叹息。

闻道故林相识多，罢客昨日今如何。

——唐·李颀《送陈章甫》

 毕业即失业

春秋战国之世，各种神人奇人辈出。在政治界呼风唤雨，在军事界翻云覆雨，在外交界纵横捭阖，在商业界惊天动地，在文化界泰山北斗……众多神人奇人中，最神最奇的就是鬼谷子。

鬼谷子当时自创了中华第一所军校——云梦山军事政治大学，即位于今天河南省洛阳市汝阳县，也有说在今河南省鹤壁市的淇

县。身兼董事长兼校长的鬼谷子，在战国乱世几乎没有什么故事，然而，他随便抛出的一两个弟子便将天下格局打乱，重新洗牌。比如，在法学界他抛出弟子卫鞅，卫鞅在秦国变法，弱秦变强，为一扫六国做了铺垫；比如，在军事界抛出庞涓，魏国军战无敌，抛出孙膑，齐国大败魏国，替代魏国成为七雄之首；比如，在外交界抛出苏秦张仪，合纵连横，一怒而天下惧，安居而天下息；比如，在商业界抛出范蠡、白圭，天下之财尽归我手……这样的人，虽没在江湖上漂，江湖上却到处都是他的传说。

这一章我们要说的祖籍洛阳老苏家苏秦、苏厉、苏代三兄弟的故事，其中最重要的、最有成就的、最牛的苏秦，即中国历史上唯一身兼六国相位的纵横家，正是鬼谷子的徒弟。

这一年，苏秦以优异的成绩从云梦山军事政治大学毕业。在毕业的同学聚会上，苏秦临风把酒、高谈阔论、踌躇满志，好不得意。在聚会的最后，兴奋的苏秦端着酒来到墙角边低调的张仪身边，张仪是他的同学，也是他的好哥们儿好兄弟。苏秦和张仪碰了一杯酒，问：“仪，毕业后你有何打算？准备去哪家公司？”张仪说：“秦，你是了解我的，要不是家里只剩老母贫困孤苦，我是不想去上班的。漫游天下，著书立说才是我的志向。我想了想，还是回老家魏国上班比较好，那里条件好工资高福利好。”苏秦说：“可你应该知道魏氏公司已经到了末路，没有前景了。”张仪：“我知道啊，可是……唉，算了，说说你的打算。”苏秦：“我准备去秦国。虽然现在秦氏公司并不是最强大的，可经过我们的学长商鞅变法之后，秦氏公司才是最有潜力最有前景的公司。你觉得怎么样？”张仪：“嗯，不错，那等你发达了，兄弟我就投奔你去，到时候可别放狗咬人，说不认识我这穷酸兄弟啊！”苏秦：“别取笑我了，别人不知道，我还不了解你？你的才能在我之上啊！”张仪：“不说了，不说了，喝酒，喝酒……”苏秦：“好，喝。此去经年，良辰美景在前边啊！干……”

姓名：苏秦　　　　　　　　　　性别：男

政治面貌：无党派人士　　　　　学历：本科

专业：政治学院外交学系　　　　籍贯：雒邑轩里

毕业院校：云梦山军事政治大学……

秦惠文王大致看了一眼苏秦的简历，便推到一边，问道：“我大秦公司用人，不管你是不是名校毕业，不管你是不是名师之徒，也不管你学历高低，只四个字：唯才是用。你且说说，若是公司用你，你能给公司创多少收益？”

苏秦：“我想秦老板的意思并不仅仅是把公司经营成业内的老大吧，而是要把公司业务扩展到世界各地去吧？”

秦惠文王道：“没错。”

苏秦：“秦老板的公司实力雄厚，员工踏实刻苦，又有东西南北交通便利，只要公司用我，保证帮助秦老板吞并像周室等这样的小公司，并发展壮大实力，成为业内老大，再接再厉，垄断这个行业，让天下都在您的掌握之中。”

秦惠文王：“只会说大话，纸上谈兵这可不行，你还是先回去给我拿一套具体的实施方案，让我看一看再说。”

苏秦：“那好吧！”然后苏秦把三皇五帝以及之前历代帝王，经过政治手腕为主、军事战争为辅夺天下的事迹，编辑整理成书，洋洋洒洒写了十万多字，弄了个策划方案，呈现给秦惠文王。然而，收到的回应却是回家等通知。

这一等就是半个多月。苏秦耐不住，就去问公司的总经理（秦相）公孙衍："你说这秦老板是什么意思，到底是用我还是不用啊？"

公孙衍："小子，你还是太嫩啊！你的方案我看了，觉得你很有能力。但是你根本没有想过秦老板的心思，秦老板不久才杀死了商鞅，换我做总经理。这两年他是心灰意懒，不想提扩大经营这件事。你呀，别再浪费时间了，还是去别的公司试试吧！"

2 潜龙在渊

于是，苏秦垂头丧气地回到了洛阳老家。刚走到大门口，就看见嫂子笑脸相迎："怎么样？找到工作了吗？"苏秦摇摇头说："还没有。"嫂子脸色一变，比六月天空的云彩变化还快，顿时变得倨傲起来，道："念大学有什么用啊？不照样找不到工作？你大哥死的早，咱爹妈又年事已高，咱这个家就靠着我和弟妹缝缝补补换点家用，养着你哥仨大男人，害不害臊啊？你看看邻居李大妈他儿子大牛，人家连自己名字都不会写，踏踏实实耕地打工，小日子过得滋滋润润的，孩子都能去打酱油了，你呢？瞧你那一副没出息的样子。"这就是成语"前倨后恭"中"前倨"的故事。

苏秦烦躁，不理嫂子，便回自己房间了，看见自己的妻子正在织布，道："我回来了。"苏秦妻子就当没看见他没听见他说话，只管织布，苏秦又说："我饿了，去弄点吃的来。"妻子依然当他是空气。苏秦火了："我给你说话，你听见没有啊？"妻子瞥了他一眼，继续织布："连个工作都没有，几十的人了，还整天啃老，也不知羞耻，读书都读傻了？嫂子发话了，没工作没饭吃。"苏秦怒火中烧，把拿在手里的外套往地上一摔："你……"实在不知该说什么，就带着怒火回到自己书房。

苏秦很失落，想自己没有找到工作，嫂子不把自己当小叔子看也就是了，竟然连妻子都瞧不起我，看吧，等哪一天我苏秦发达了，一定好好报复她们，让她们狗眼看人低。他不禁感慨："妻不以我为夫，嫂不以我为叔，父母不以我为子，是皆秦之罪也！"

这时肚子却叫了起来，苏秦摸摸肚子，一脸无奈，便翻开自己背囊，想找找有没有遗忘的干粮充饥。他突然在自己的背囊中看见了一本书《心理学研究》，古名《阴符》，相传此书为心理学著作，苏秦立刻想起自己的老师鬼谷子曾经说过："人生不可能一帆风顺，没有人能随随便便成功，你若哪一天应聘失败，碰了一鼻子灰回家了，不妨好好读读这本书，这本书是政治家姜子牙写的有关政治心理学的专著。"

苏秦想起来公孙衍的话，自己不是没有能力，而是不懂得审时度势，不懂得顺势揣测上司的心思，这才应聘失败的啊！我一定好好研究一下心理学。然后，苏秦把房门锁上，打开《阴符》，开始潜心研究心理学。焚膏继晷，日夜不停地诵读、思考，若是夜里实在是困得不行了，便用捺鞋底的锥子扎自己的大腿，让疼痛使自己清醒。男人嘛，不逼自己一把，你就不知道自己到底有多优秀。这就是"锥刺股"的故事。

一年之后，苏秦已经把心理学研究得差不多了，便把自己的弟弟苏厉和苏代叫到身边，对他们说："二位贤弟啊，大哥我经过这一年多对心理学的研究，终于明白了不少乱世生存的道理，给你们说道说道，也让你们早日窥见成功的道路，少走一些没必要的弯路。”苏厉苏代道：“大哥请讲。”

苏秦：“俗话说：乱世出英雄。你们知道这乱世的生存靠的是什么？靠的就是能说会道、鱼目混珠之法，说白了就是忽悠，忽悠，你们明白吗？我们要揣测出顾客们的心理，明白他们心里想要的是什么，为什么他们想要又不敢或者不能去要，然后我们就凭借三寸不烂之舌，晓之以理，动之以情，喻之以利，施之以威，总之要虚实结合，威逼利诱，以膨胀顾客们心中的欲望，同意或者愿意接受我们，最终达到我们的目的。但是要谨记一点，就是要量力而行，别玩大了，把自己的命给搭进去。人生最可悲的莫过于两种情况，第一种就像现在的我们，人活着，却没有钱花；第二种就是人死了，钱却没花了。你们要相信，等大哥这趟出门，必定能改变我们的现状。”苏厉苏代听得一愣一愣的，齐齐点头：“大哥，你说的太好了，我们相信你。”

苏秦：“其实大哥能有今天的觉悟，都是靠了我的老师推荐的一本心理学的书《阴符》，我又把这一年多的读书心得和读书笔记，编辑整理成两本书《揣》和《摩》，”苏秦把《阴符》以及《揣》、《摩》拿出来，接着道：“我这次出门，就把这几本书留给你们好好研读，等哪一天哥发达了，就把你们接过去，推荐为官。”苏厉苏代接过苏秦手里的书，听着大哥的话，忍不住两眼放光，似乎已经看见了钟鸣鼎食的富贵生活。

“不过，”苏秦面露难色道：“不过，大哥这一段时间太过艰难，你们能不能先给大哥筹点路费，大哥知道，这两年你们存的有私房钱。”苏厉苏代一听见苏秦提钱，顿时也面露难色，抠抠摸摸道：“大哥，不是兄弟们不帮你，我们也懂你的难处，不过你也清楚，这两年嫂子和弟妹逼得紧，我们也没有多少存款，只有百十块钱，你要不嫌少，你就先拿着。”苏秦没想到只有这么少，叹了口气道：“少总比没有强！”

3 毛遂自荐

苏秦拿着从兄弟手里借来的一百多块钱，上路了。他已经想好了自己目标：自从自己从秦国狼狈回家之后，一颗仇恨的种子就已经在他心里生根发芽，秦国不收自己，那就把其他国家都联合起来挤兑秦国，看他能嚣张到几时。

苏秦的第一站本是赵国，可没钱没势没权没人引见的苏秦，就连赵国的丞相都没有见到。可是他并不气馁，很快把目标指向了燕国。燕国是个老牌的姬姓诸侯国，召公的封地，一直处于边远的东北边境，和中原各国联系甚少，却常受秦国的欺辱。

苏秦到了燕国之后，潜伏起来，一直等待能够见到燕文公的机会。这一日，燕文公射猎出游，苏秦一个箭步上前拦住燕文公驷马王车，吓得燕公卫士剑拔弩张，眼看就要掐上了，燕文公恰好把脑袋伸出王车，一看车前一斯斯文文的帅小伙儿，便问道：“车前壮士何人啊？拦王车可有冤情申诉？”

苏秦一个九十度弯腰大礼，道：“在下苏秦，有一计能助燕却秦辱。”燕文公一听来劲了，平白受了秦国屈辱多年，今有人说能助燕却辱，此乃光宗耀祖之大事也，便下车拉着苏秦的手说：“哦，原来是苏壮士啊，久仰苏壮士大名，来来来，跟哥上车，咱们车上聊。”拉着苏秦上了王车，在燕文公的宝马车上，苏秦把说话的艺术演绎得是淋漓尽致。

燕文公问道："苏壮士有何良策？"苏秦道："燕老板可曾想过这样一个问题，现在九州大陆实力最强的公司有七家，燕国虽处其一，却是最弱的一家，虽然手下员工数十万，派货车也有六七百辆，但是比起中原的楚齐魏韩等国还要差得很远，然而燕国却从没有受过他们的欺负，你知道这是为什么吗？"燕文公一听，嘿，还真是这么个情况，但是原因却从没想过，问道："这是为什么呢？不会是给我老祖宗召公面子吧。"

苏秦道："想当年周公分封，姬姓公司有五十三家，现而今还有几家？都过去几百年了，谁还看谁面子啊！姬姓诸侯国相互吞并的例子还少吗？就连雒邑的周天子还不照样受欺负？这年头面子不比一刀币值钱。您燕国当年没被强大的魏国欺负，如今不被崛起的齐国欺负，主要是因为有凶狠剽悍的赵国给您做挡箭牌。"燕文公沉吟道："你说得不错，是这个理儿。不过，那老赵家虽剽悍却也没有欺负我燕国啊！"苏秦道："这是因为秦国整天骚扰赵国，赵国无暇顾及燕国，甚至还得派人守住赵燕边境，以防燕国从后面给他一棒子呢。"燕文公道："对对对，老赵时常给我示好，我还纳闷，这老赵神鬼不吝地干嘛还给我送钱送礼的，原来是因为这个。"

苏秦道："燕老板，想到这一层，秦国整天欺负您，您还想方设法巴结他，您不觉得这是一个错误的决策吗？"燕文公道："你说得太对了。那我该怎么办？"苏秦："当然是向赵国示好啊，两家强强联合共同对付秦国。然后以此为基础，再把常受秦国欺负的魏国、韩国、楚国拉拢起来，齐国一看有利可图定会加盟，到时候，任他虎狼秦国，还不跟小猫小狗一般窝在窝儿里，不敢出头？"燕文公哈哈大笑道："好主意，好主意。那这个联合六国的方案，谁去执行比较合适呢？”苏秦道：“燕老板要是信得过在下，我苏秦头断血流死不旋踵，为公司的利益拼尽最后一滴血。”燕文公道：“苏壮士好决心，那你就全权代表我老燕家走一趟，车随便开，钱随便花，一定要把合同给我签好了。”苏秦：“燕老板就听我的好消息吧。”

然后，苏秦就挂着燕国的相印，开着豪车奔驰（驷马诸侯车），带着几车皮金银珠宝、东北山参、皮货等等土特产开始了他的游说生涯。

4 衣锦还乡

有钱有身份有靠山，苏秦踌躇满志，信心十足。国与国之间本没有永远的敌人，只有永恒的利益。在共同利益的驱使下，在加上苏秦能把死人说活的本事，仅用几个月的时间，苏秦就把六国君忽悠得晕头转向，在洹水（今河南省安阳市洹河）六国会盟，签订合纵合同，苏秦成了六国合纵的合纵长，身挂六国相印，并提议没有称王的魏韩燕赵四国称王。

秦惠文王一听有这回事，顿时吓了一跳，食不知味，寝不安枕，心里是又后悔又着急，后悔当初没有用苏秦，着急六国联合挤兑秦国。直到张仪来此，才安了心。

有道是，富贵不还乡犹如锦衣夜行。现如今的苏季子已经不是从前的苏季子了（苏秦，字季子），手里现金无数，私家车无数，保镖无数，美女无数，就连巴结的人亦是无可胜数。已经发达的苏季子像个暴发户一样，牛驮马拉着自己长达十几公里的私人财产，浩浩荡荡地回家乡洛阳了。

此时的周王是周显王，听说苏秦回来了，心里那叫一个激动啊，赶紧命人打扫街道，设立帐篷，以诸侯之礼郊迎苏季子，那场面真是相当的壮观，人山人海，锣鼓喧天，彩旗飘飘……一直从早上忙到太阳即将落山的时候，苏季子才和领导吃完饭，打着醉醺醺的饱嗝，回到轩里家中。

还未到家门口，却见自己的老母拄杖立在门路口，自己的嫂子和妻子俯在地上，恭候苏秦归家。苏秦睥睨地看了一眼俯地跪迎的嫂子，傲慢道："哎呀，这不是嫂子吗？想当年连饭都不给我吃，今天怎么跪在地上啊？"苏秦嫂子道："说实话，我跪的是你身上的官印和囊中的金银。"苏秦自言自语地感叹道："有钱便是爷，今天我算是彻底相信了。钱就是他奶奶的王道。"这就是"前倨后恭"中"后恭"的故事。

苏秦扶起妻子和嫂子，道："嫂子请起吧，如今咱们已经不差钱儿了，爱怎么花就怎么花，喝胡辣汤咱买两碗儿，喝一碗倒一碗；买汽车咱买两辆，坐一辆跟一辆……"苏秦嫂子妻子那个美的呀，真想抱住苏秦亲两口……

苏秦回家的重要事件，便是把自己的亲戚朋友同宗同族叫到一起，开始分钱分车盖房子，苏家的大宅也是乡里最高最大最豪华的标志性建筑，家里也埋了不少金银珠宝，据说到了明朝，有人在苏家大宅挖井还挖出黄金百锭。

苏秦临回大本营燕国的时候，对弟弟苏厉苏代说："两位弟弟，你们在家先安心呆着，等我安顿好之后，就把你们安置过去。"苏厉苏代连连点头。

5 魂归邙山

所谓上帝让谁灭亡，先让谁疯狂。这人呐，在最得意的时候且不可昏了头，做出一些没边儿没沿儿的事，到那时候就真是自取灭亡了。这时候燕文公薨了，他儿子燕易王继位，我只能说此子是个棒槌，除了生了一个战国之世燕国最牛的儿子以外，几乎一无是处，还整天幻想着德比尧舜，最后竟真的听从了苏代的话，把自己的好儿子给废了，把王位禅让给了子之，差点没被齐国灭国。而意气风发的苏季子竟然把燕易王的老妈文夫人给睡了。事情败露了，燕易王竟然来了个默许，我真怀疑此子是不是脑袋被驴踢了。

不过燕易王没怎么着呢，苏秦可能觉得自己玩得有点过了，心里发毛，就和燕国的相国子之结为儿女亲家，又把自己俩兄弟苏厉苏代安排在燕国，和子之交了名帖拜了把子。然后，自己一拍屁股，以到齐国做间谍的名义到齐国当客卿去了。

在齐国，苏秦为人高调，不懂藏锋敛性，被号称官二代、贵二代、富二代的战国四公子之一的孟尝君派人暗杀。可惜作案人业务不熟练，没有彻底杀死苏秦。苏秦临死竟然毒蛇反扑，给自己报了仇。苏秦对齐湣王道：“齐老板，我死后，我要你贴出小广告，说我是燕国派来的间谍，杀我的人是给公司出力了，可奖励十万块钱。那刺客定能出现。”

这年头，说实话是没有人相信的，因此放心大胆地说实话，别人都会当作笑话来听的。齐湣王果然用这种办法杀了刺客及其全家。后来知道苏秦真是来齐国当间谍的，后悔老鼻子了。

落叶归根，魂归故里。苏秦死后，还是葬在了老家洛阳的极品墓地——邙山墓区。此墓冢封土高约5米，直径20米，长约40米，占地约1000平方米，是现在的省级重点文物保护单位。

至于苏厉苏代两兄弟，在苏秦死后，发奋努力，在战国的外交史上也小有名气，只是战国之世英雄太多，人才太多，两人的烛光不足以照亮一个时代而已。

章十八 吕氏的春秋

北邙山头少闲土，尽是洛阳人旧墓。

旧墓人家归葬多，堆着黄金无买处。

——唐·王建《北邙行》

1 学习白圭半榜样

周公分封时把商朝的“顽民”主要集中在两个地方，一个是东都雒邑，另一个是商人的老家朝歌城。周公把自己的九弟康叔姬封分封到了朝歌，即卫国，来镇守商朝的顽民。从后世来看，不得不承认，老商家的基因比老周家优秀得多。作为卫国的姬姓公侯们，最有名的就是爱仙鹤不爱江山的卫懿公，还有他那个唱了一首“投之以木瓜，报之以琼瑶”感恩之歌的儿子卫文公。而老商家却盛产美女（郑卫之美人）、音乐家（郑卫之声，靡靡之音）、人才（卫地自古多君子）。不说美女和音乐，单说这人才，战国之世就出了至少三位影响了世界的大人物：法学界的牛人卫鞅、教育界的神人鬼谷子、商业界的奇才吕不韦。

吕不韦是有自己崇拜的偶像的，他的偶像是洛阳商人白圭，此人被宋真宗封为商圣，亦是老商家在雒邑的顽民。在商业界，商人共分为六类：诚商、良商、廉商、奸商、贪商、佞商。白圭在商业界有口皆碑，是有名的良商兼廉商，自己富可敌国，却过着苦行僧的生活，奉行“智勇仁强”四字箴言，经商制胜的法宝便是“人弃我取，人给我予”八字方针。白圭多才多艺：是个天文学家，能预报天气，预报不是明天后天的天气，而是一年以后的天气，以此来确定明年的收成好坏，决定是买还是卖；是个理财专家，曾给魏国公司做财产顾问兼会计；是位社会慈善家，不宰人不坑人，灾年放粮救济穷人……

吕不韦确实以白圭为榜样，熟练地掌握运用了“人弃我取，人给我予”的八字方针，不过吕不韦却不像白圭那样只做一些薄利多销的小生意，而是多方面全方位地做生意，大到贩卖军火、倒腾珠宝，小到针头线脑、街头餐馆，无不涉猎。总之祖国遍地是财宝，俯拾即是，看你愿不愿意弯腰拾取了。他还首开国际贸易的先河，把公司的总部开在交通便利、人口富裕、劳动力廉价的赵国，又把子公司分布于九州各地，从不同的国家收购当地廉价的原材料或者成品半成品，高价贩卖给所需要的国家。没过几年，老吕就发了，成为一代金融巨鳄，与商业界的大佬如赵国卓氏、楚国漪顿氏、秦国寡妇清等齐名。

富可敌国的老吕并不满足于自己的财富，因为在那个时代，士农工商，商人有钱却是没有社会地位的，就连贫困的农民都比商人有地位。他一直在想一个问题：越国的谋士范蠡辞官之后成功转型为成功的商人，自己的偶像白圭亦是弃官从商，转业为商人的，那自己为什么不超越前人，从一个没有地位的商人转型去做官呢？经济学中讲：一个三流的idea（点子）加上一个一流的实施，就有可能得到一流的成功。吕不韦是一个言出必行、行出必果的人。这个大胆的想法出现之后，就把它纳入了自己的人生计划中。

2 发现潜力股嬴异人

有道是：踏破铁鞋无觅处，得来全不费工夫。这一天，老吕正和自己的秘书在赵国的大街上兜风，看见一群衣着华丽的富二代正往酒吧走去，这群人中混着一个小白脸极其扎眼，小白脸身着乞丐装，神情落寞却在眉宇中流出一丝贵气。俗话说：读万卷书不如行万里路，行万里路不如阅人无数。老吕整天山南海北做生意，当真算得上行万里路又阅人无数，他看见那个小白脸的一瞬间，脑海里只闪现出自己生意中的四个字：奇货可居。他赶紧问自己的秘书："那人是谁？"

一个优秀的秘书必定是一个移动资料库或者移动硬盘。吕不韦的移动硬盘应声答道："此人名叫嬴异人，自秦赵渑池会盟之后，被秦昭襄王送到赵国当人质，现如今秦赵长平之战，秦国大将白起坑杀四十万赵军，赵王欲杀之又不能，所以就封锁了经济来源，派一群保镖跟随，说是保护，其实是监管，别人吃肉，他连汤都没得喝，混得极其悲惨。"老吕脑子转得很快："人弃我取"啊，这难道不是老天爷给我的大商机吗？便道："我看此子奇货可居，来来来，细细地给我讲讲这人的资料。”

嬴异人本是秦国老太子安国君嬴柱的次子。嬴柱呢，本是个悲剧的人物，他老爹当了五十六年的秦王，他做太子就做了十四年，由于身体太虚加之只做了三天的秦王便挂了。嬴异人亲生母亲死的早，没妈的孩子像根草，渑池会盟时候便被爷爷送到了赵国当人质。寄人篱下的日子本来就不好，缺少父母之爱不说，关键还缺钱啊，都说富二代大多除了花钱啥都不会，就是会一两门技术，也不能像正常人那样打工赚钱，甚至白天做人质晚上兼个职都不行，全凭东家发放的最低生活补助过日子。本来异人就是个好孩子，自从母亲去世之后就学会了勤俭节约过日子。可自己的爷爷昭襄王喜欢折腾，前一段时间任用白起在长平之战坑杀了四十万赵军，后又任用王陵、王龁接茬揍赵国，赵王打不过秦国，就只好把气撒在嬴异人身上，本想杀了他，可智囊团的人说，杀了他只能增加秦国灭赵的借口，得，只好停了他的伙食费，派人监视别让他跑了，让别人吃肉他看着，别人喝酒他喝水来折磨他，以解心头的恶气。

老吕听着秘书的讲述，一个庞大而又大胆的计划悄悄地浮现了，一丝微笑挂在了嘴边。

匆匆回家之后，老吕对他爹老老吕说：“老爷子，你说咱们辛辛苦苦投机倒把卖粮食，有几成利润？”

老老吕说：“十倍啊，怎么你连这都不知道？业务生疏了嘛。”

老吕道：“那我再问你，倒腾珠宝古玩呢？”

老老吕道：“这个更赚钱，至少百倍。”

老吕说：“那要是我们扶立一个人成王，掌握一国的江山社稷，那有多少倍的利益？”

老老吕大惊道：“小吕，你是不是又有什么大胆的投资计划了？”

吕不韦把自己的计划给老爹说了一遍。老老吕沉吟一会儿道：“这真是高风险大投资啊！”

老吕道：“是高风险大投资不假，但的确有高利润嘛。再说了，我也不会把鸡蛋都放在一个篮子里，生意不是还有你打理吗？我觉得嬴异人是一个大有赚头的潜力股，只要我们运营得好，不但能令我们财源滚滚，更能使我们跻身政界，摆脱低下的社会地位。”

老老吕道：“好，那我们就豪赌一把！”

老吕：“豪赌一把！”说完和父亲击了一掌，相视而笑。

吕不韦开始行动了。

3 私定君子协议

吕不韦首先要做的，就是运用自己做生意的公关手段，接近嬴异人。他花了几千块钱请监视嬴异人的公孙乾到五星级酒店吃饭，点最贵的菜，开最好的酒，要最漂亮的小姐作陪。

酒席之间，吕不韦对公孙乾道：“公孙兄真是好雅量啊！就连站在门口的跟班小弟都气度非凡。”公孙乾喝着兰陵酒道：“他哪儿是我的跟班啊，是秦国的人质，这不秦国老是和赵国打架嘛，赵王要发飙，又打不过秦国，只好拿这家伙撒气了。又不能杀了他，就让我看着他。”吕不韦道：“既然是秦国的王子，不如进来喝一杯如何？我吕不韦最喜欢交朋友。公孙兄知道在下只是一介商人，朋友多生意才好做嘛！”公孙乾道：“既然吕老弟都发话了，就让他进来。”就这样吕不韦见到了嬴异人。

公孙乾喝得过瘾，突然尿急，便一个人如厕。吕不韦很直接地对嬴异人道："嬴兄应该明了现在秦国领导层的局势，董事长秦王已经老了，你老爹安国君迟早要坐上董事长的位子，如今他最喜欢的女人华阳夫人却没有子嗣，嬴兄兄弟二十几人，也没有哪个特别受你老爹喜欢的，你要是能攀上华阳夫人，就是董事长的接班人。"嬴异人虽是个庸才，却不是个傻瓜，吕不韦这一句话一出，对于他来说可不是救命的稻草，而是救命的竹筏，肾上腺素迅速分泌，脑子飞速运转，超水平发挥道："吕公放心，若我当上董事长，那总经理的位子就是你的，另外分给你百分之四十九的股份。"

吕不韦微微一笑，向嬴异人使了个眼色，嬴异人赶紧用长袖遮着脸喝了一爵酒，等长袖拿开，他兴奋得发紫的脸已经恢复了酒醺的微红，公孙乾正好进来。公孙乾问道："吕老弟和这秦质子都聊了些什么？"吕不韦道："也没什么，我问嬴兄秦氏公司的蓝田玉玉价多少，嬴兄说不知道。仅此而已。"公孙乾开始侃："若说这最好的玉，那定是产自于楚国的和氏璧，此璧正在我赵氏公司的保险柜里……"这顿饭一直吃了两个时辰，尽欢而散。

有人说，中国特色的官商勾结之风从吕不韦开始，对于这一点我有存疑：自秦国商鞅变法之后，秦国官员廉政之风甚是风行，山东六国的官员甚至儒士都把秦国官员的廉政，看作是不懂为人为官之道的漏癖而大加嘲笑，真是可叹可鄙。孔子云：君子爱财取之有道。这句话其实是对贿赂成风官场乃至社会现状不满的控诉。而变法后的秦国，官员虽派有车有房，但是工资很少，肃贪的手段严苛且一丝不苟，监察员和法官都是由那些脑子一根筋、认死理的书呆子构成，执法极其公开公平公正。对于这样一个国度，九州的人才却都趋之若鹜要去秦国，主要是因为变法后的秦国是一个可以实现理想的国度。在这个国度里，一个将军可以率领最强的秦军锐士杀伐征战；一个政客可以毫无阻碍地施展自己的政治理想；一个商人可以赢得丰厚的利润；哪怕一个铁匠都可以用最好的铁打出最锋利的剑佩戴在最优秀的战士腰间……人生之中，有钱并不是最最重要的，这世间还有比实现自己的理想更令人怦然心动的事吗？

之后，吕不韦开始频频与嬴异人私下相会，给了他一张五百万的银行卡，告诉他随便花，但一定要用来搞好人际关系，多结交一些圈内人士。嬴异人表示理解。

4 策立太子

然后，吕不韦又花了几百万买了许多高档化妆品、高档补品、高级珠玉首饰等等来到了秦国。吕不韦从秘书那里知道，秦国总经理夫人华阳夫人的姐姐也嫁到了秦国，便走了华阳夫人姐姐这条路线。见了面之后，便把已经分成均等两份的礼品拿了出来，然后就甩开了忽悠，无非就是异人如何如何食不知味、寝不安枕地想念华阳夫人，让自己带了点礼品孝敬她老人家什么什么的，反正这一家子有十年没有见到嬴异人了，连他长啥样都忘了。

华阳夫人姐姐被吕不韦的说辞感动了，心想这么好一个娃儿能不虏手里吗？看那安国君身体如此之虚，说不准哪天就挂了，女人总得有个依靠不是，老公靠不住了，就得靠儿子，没儿子赶紧找一个嘛。于是，赶紧把吕不韦引荐给华阳夫人。

吕不韦见到华阳夫人之后，先把自己带来的高档礼品献上，说都是嬴异人孝敬夫人的。华阳夫人虽贵为太子妃，但秦国廉政，国库大部分的钱都用来练兵打仗了，太子妃的零花钱也有限，很多高档化妆品、珠玉首饰什么的都没有见过，华阳夫人一看使用说明书心里就乐了。女人不就爱美那点事嘛。吕不韦不愧是见过大世面的人物，忽悠只是他的特长之一，装逼也很了得。且听吕不韦的一番精彩说辞。

吕不韦假装什么都不知道，淡定地说："不知夫人有几个儿子啊？"

华阳夫人道："唉，可惜了，我这一辈子最大的遗憾便是没有儿子。"

吕不韦道："请夫人原谅我说话直，你说一个男人喜欢一个女人为的是什么吗？美貌、家世和能给自己生个儿子。然而安国君贵为太子，钱肯定是不缺的，他最需要的就是一个聪明伶俐的好儿子，而现在你最得宠只是因为你的美貌啊！常言道：以色事人者，色衰而爱驰。夫人不得不考虑考虑自己身后的事啊！"

本来华阳夫人就已经被一堆的高档物品迷得有点转不过来弯儿了，吕不韦的这一番话下来，让她的思维更加得迟钝，一种无形的压力顿时袭来。华阳夫人道："那我该怎么办？"

吕不韦道："当然是给自己找个优秀的儿子。"

华阳夫人不笨，道："你是说异人？"

吕不韦道："对，夫人想想，安国君有二十多个儿子，却没有最喜欢的，为什么呢？因为这么多儿子才能都一般。但是王孙异人不同，你们已有十年没有见到他了，秦赵交恶的这十年，异人一个人还能活得好好的，没有一定的交际能力和斡旋能力想必是不行的，单从这一点就能看出王孙异人非凡的才能。"

华阳夫人道："嗯，从你身上我也能看出异人的眼光和能力。

不过，异人他会同意吗？”

吕不韦道：“夫人多虑了。且不说异人对您的这份孝心，早把您当作他的亲生母亲看待，单说异人的生母去世得早，正是需要母爱的人，如若夫人伸出母爱之手，对于他来说也是求之不得啊！”

华阳夫人会心地笑了，道：“好，就这么办。现眼下最重要的就是如何把异人救回来。”

吕不韦道：“夫人放心，这一点包在我身上。夫人要做的，就是让安国君同意异人的事情。”

华阳夫人道：“这一点你放心。”之后，华阳夫人便给安国君甜言蜜语地吹枕头风，对于一个得宠的女人来说，这不是难事。

5 十年圆一梦

吕不韦回到赵国，要做的就是如何把嬴异人身边的人伺候高兴了，再寻找机会把嬴异人偷渡到秦国。

吕不韦确实是一个体贴入微的人，他怕嬴异人忍受不了这漫长的等待，便给嬴异人找了一个心灵和身体的寄托。对于一个寂寞的男人来讲，一个女人尤其是一个兰心蕙质貌美如花的女人，绝对可以让这个男人把度日如年变成度年如日。吕不韦送给嬴异人的是一个能歌善舞解语花般的女子，正是青楼女子——赵姬。

这个女人确实不简单，据说曾经是吕不韦的妾，对于她的各方面能力来说，吕不韦是很清楚的，很快，这个女人便成了嬴异人的毒，时间越久便中毒愈深，中毒愈深便欲罢不能。赵姬和嬴异人生了一个儿子，取名赵政（三代以前往往姓、氏分开，秦始皇嬴氏，赵姓；吕不韦，姜姓，吕氏），便是后来历史上最伟大的帝王——秦始皇。

关于秦始皇他爹到底是谁，狗仔队拍照探秘，八卦新闻报道数不胜数，甚至有些人靠研究他爹出了书、成了名。在这里，一贯鄙视八卦的我也忍不住叨叨两句：秦始皇他爹是谁关我们屁事啊！难道秦始皇是靠一句“我爸是不韦”就成为历史上最牛的帝王的吗？

在美女的陪伴下，嬴异人快乐地度过了四年。吕不韦原本是要等待机会的，可老天爷不会平白无故地送人一个机会。秦昭襄王五十年，派大将王龁围赵都邯郸。嬴异人的处境是越来越危险了。吕不韦并不是一个坐等时机的人，而是懂得创造机会的人。他充分地发挥了自己的主观能动性，先把赵姬和嬴政母子俩秘密寄养在母亲家里，然后花了几万块钱买通了邯郸城南门的看门人，又带足了钱去找公孙乾，说眼下赵国局势不稳，想回老家卫国阳翟一趟，希望公孙乾能和南门的看门人通个气，放自己一马。有钱能使鬼推磨，更别说开个后门了。为了答谢公孙乾的帮助，吕不韦又在五星级酒店开了个包间，胡吃海喝。席间吕不韦明确地告诉公孙乾三天后出发，便频频敬酒。公孙乾轻而易举得了一大笔钱，心情大好！杯来酒干，在吕不韦特意照顾之下，很快便被灌醉了，没两天醒不过来。趁这个时机，吕不韦赶紧把嬴异人打扮成自己的司机，连夜从南门出了城，一路快马加鞭往西边的秦国赶去。而公孙乾醒后才发现坏事了，得知嬴异人逃走，心里一片通明：与其被灭族，还不如为子孙后代着想，自杀了事。

吕不韦用了四年时间把嬴异人救回秦国，在秦国又盼了六年才把秦昭襄王给盼死。安国君苦苦等待了十四年终于等到了属于自己的王位，太激动了，太兴奋了，登位三天便死于兴奋过度引发的脑溢血，史称秦孝文王。

孝文王一死，嬴异人便成了秦氏公司的董事长，即秦庄襄王。对于吕不韦这位大恩人，他自然不会吝啬，除了让他坐上总经理的位子，还给他十万秦军锐士灭了东周国，并把洛阳十万户封邑给了吕不韦，还封他为文信侯。

巴菲特成功的秘诀之一是放长线钓大鱼，把一只股票长时间攥在手里，直到利润的十倍百倍增长。而我们的老祖宗在两千多年前就是这样做的。吕不韦从见到嬴异人开始自己的计划，到做上秦国的宰相，用了十年的时间，而且赔本的买卖他从来都不做。

6 人生的完美在于缺憾

吕不韦被封邑到洛阳之后，又有了新的想法。作为一个商人，眼光是独到的。这洛阳人口稠密，经济发达，水陆交通便利，当真是做生意的好地方。当然，现在的吕不韦已经不屑于这个处于社会底层的行业了，他想的是如何把老周住过的破地方翻新。经过自己周密的策划之后，在周成周城的基础之上进行修复并向南扩展，使之形制更大，规模更宏伟。吕不韦修建的洛阳南宫城为后来汉魏晋洛阳都城奠定了基础。汉朝的刘三就非常喜欢吕不韦修建的洛阳南宫。

商业圈、政治圈都混出名了，吕不韦还没有尝试过文化圈。当时有很多不入流的人士都因为出了本书而闻名于世，甚至流芳于后世。有一句说：你若是成功人士，你说的话便是成功的经验。所以像吕不韦这样的成功人士自然也想出书。吕不韦高薪聘请了很多读书读傻了找不到工作的博士、博士后等人，开始筹划写书。书写得好坏不要紧，因为自己有的是钱，可以自己掏钱出版。经过几年的拼凑，还真给出了一本，名曰《吕氏春秋》。此书是一本百科全书，内容驳杂，被称为杂家。吕不韦的书出好之后，怕没人知道这是老吕的杰作，便做了一番大手笔的广告。老吕把书的内容写在城墙上，广告说谁要是能改动书中的一个字，便给一千金（这恐怕是有史以来最贵的稿费了）。幸好人民都不是傻子，都知道这是丞相推销自己的手段，要是谁真的上去改一个字，得到一千金的同时，恐怕也得搭上些什么吧?

吕不韦做秦国的总经理做了十年，这十年内，他清醒过，也迷茫过，他爱过，也恨过，实现了自己的理想，达成了自己的愿望，施展了自己的抱负，展现了自己的理念……可以说他的一生是成功的一生，是没有遗憾的一生。

随着嬴政越来越大，两人的政治分歧也越来越大，嬴政需要完全的权力去实现自己的价值，完成自己的理想，这时候吕不韦便成了自己的绊脚石。没用的东西迟早要被清理出局，既然是迟早，那早总比迟要好。于是嬴政十年免去了吕不韦总经理的职位，让他回洛阳养老。

山东六国的人打仗不行，但玩阴的十分在行，趁着过年过节，纷纷派人到秦国庆贺。庆贺是好事，但是都不去拜会秦国的老大秦王嬴政，而是都一窝蜂地跑吕不韦洛阳老家。这不是把老吕往火坑里推吗?

嬴政终于忍不住别人对他的蔑视，便写信让老吕举家迁往蜀中养老。老吕这一辈子都摸爬滚打在政治的泥淖里，他当然明白嬴政这封信的真实含义是什么，便饮鸩酒自杀了，算是安乐死。

老吕死后也葬在了天下最好的墓地——洛阳的邙山。老吕下葬后害怕嬴政还不放过他，没敢在墓碑上刻自己的名字，而是号称吕母墓。嬴政的童年是跟吕不韦的母亲在一起的，自然会念这份情。后来还是恢复了吕不韦墓的真相。今洛阳偃师市首阳镇有一个大冢头村，便是因在吕不韦墓冢旁边而得名。

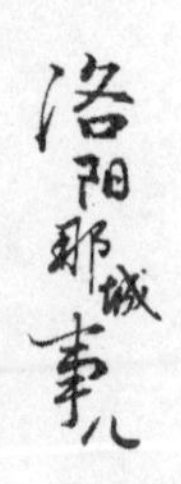

章十九　周氏破产“洛阳”新生

洛阳城头火曈曈，乱兵烧我天子宫。

——唐·张籍《董逃行》

话说，周氏公司一分为三之后，成周城的周天子一点都不好过，以前家大业大，即使诸侯们不上税纳贡，自己还有千亩良田，收些租子什么的，小日子儿还过得下去。分家之后，先是巩的东周公觉得都是周王，自己凭什么要给他纳贡啊？便停止交公粮。住在王城的西周公一看东周公都不交公粮了，自己还傻什么啊？也开始向周天子哭穷，说什么自己也已经揭不开锅了，都三天没有吃上肉了云云。

东西周公不纳粮，周天子实力比他们还弱呢，又打不过，只好由他们去了。就这样，周慎靓王死后，到了周朝的最后一位王——

姬延继位，史称周赧王。赧有脸红、羞愧、尴尬的意思。周赧王也确实一辈子都活在羞愧和尴尬当中。

由于东周公和西周公都不再交粮纳税，姬延继位之后便一穷二白。实在是没辙了，堂堂的周天子总不能饿死吧。虽然西周公也不交公粮，却没有和周天子甩脸子，闹翻天。姬延同志只好腆着脸去求助于西周公。西周公还是很够意思，说："你来也好，不过，这王城我住，我再给你盖间房子。你觉得可以接受你就留下。"这时候吃饱肚子才是第一要务，住哪儿都是住，还挑剔什么呢？就答应了。于是，西周公就在伊阙之南（今河南省洛阳市伊川县境内）给姬延盖了栋小房子，让姬延住下。其实，西周公是有小心眼，他给周天子盖的房子，本身就是一个给自己遮风挡雨的城堡而已。姬延当然清楚西周公的心思，可如今他还有什么资格谈条件？从此，周天子开始了反倒是他寄人篱下的日子。

说实话，周赧王在位五十九年，是周王在位时间最长的。在这五十九年以及以后的三十五年间，差不多是战国最"精彩"的一个世纪。

周赧王二年，张仪入秦，忽悠楚怀王，楚怀王傻蛋受骗，与秦国交战，均打败，割地赔款；而张仪也和楚怀王结缘，不过怀王愚钝不是大忽悠张仪的对手，最终客死秦国，之后的楚国一败再败于秦军锐士剑下，屈原也是在这样的背景下被屈死的。

周赧王八年，秦武王入周举鼎，被雍州鼎砸断大腿而死；同年，赵国有史以来最牛的王，赵武灵王开始胡服骑射，累计练兵四十余万，赵奢、廉颇、李牧、乐乘、乐闲等等名将辈出，成为山东六国中唯一能与秦国抗衡的军事强国。

周赧王三十年，燕国终于在燕昭王和乐毅的带领下实现了七百年来惟一的一次雄起，还率领六国联军差一点灭了齐国，随着燕昭王的去世，燕惠王不才，灭齐不成，反被齐国田单火牛阵所屈，乐毅躲在东北苦寒之地辛辛苦苦练的十万精兵也成绝响，燕国又疲软了；这次大战，使齐国国力衰退，与秦国不在一个重量级上。

周赧王五十四年，秦赵长平之战，白起坑杀四十万赵军，使赵国失去了与秦国抗衡的能力，从此天下成为一超（秦国）六弱（赵魏韩燕楚齐）其他不入流（鲁、卫等国）的格局。

最后，就是周赧王五十九年，秦昭王灭周……

当然，以上只是周赧王时期影响天下格局的一些大事件而已。周赧王也并不都是远远作壁上观，还有几次机会参与其中。

周赧王还是很有雄心壮志的，赧王八年，恰遇秦武王入周举鼎，小小赧王口才不错，应对自如（前文已经描述）。

赧王二十一年，秦国的战神白起占领了韩国新城（今河南省洛阳市伊川县西南），又获得魏国解邑（今山西省运城市临猗县），对韩魏乃至山东六国已经逼近。二十二年，韩魏联军要痛扁秦国，决战之地便在洛阳的伊阙。伊阙之战，白起不愧为战国后期的四大战神之首（白起、廉颇、王翦、李牧），依据消灭敌人有生力量的军事思想，率军十万歼灭韩魏联军二十四万。此次血腥战役就发生在赧王的家门口，赧王眼睁睁地看着却做不了主。事后，秦国又笑着将伊阙划为自己的地盘，山东六国的西大门大开。

赧王五十九年的时候，楚国异想天开想着诸侯们会施舍几分面子给天子，想借机联合诸侯收拾秦国。周赧王兴奋极了，自己没钱就去找家乡的富豪放高利贷，想等揍了秦国大捞一把。谁知，除了楚国和无所事事的燕国带了几万人以及周赧王的五千人马外，其余诸侯都畏惧秦国虎狼之性，无人参与，楚国和燕国没有胆子向秦国挥拳头，只好灰溜溜地领兵回国了。周赧王可怜怜的五千人马，还不够虎狼秦国锐士填个牙缝呢，只好散伙了。周赧王回家之后，被债主逼迫，差点没跳楼，赧王被逼债的地方就是“避债台”。

好不容易把家产拍卖打发了债主们，周赧王看着满室的空旷，欲哭无泪的时候，房东西周公来了，对赧王说：“我听说太史儋曾给我们大周算了一卦，说周秦五百年后就要合为一家人，从平王迁都至今掐指一算已有五百一十五年，暗合了天数，我看不如跟着秦王算了，有肉吃有酒喝，也不至于整天吃糠咽菜，穿露腚的乞丐服。”周赧王一听，说：“也好，反正老周家是不行了，能享一天福也不错。”然后在自己老祖宗面前哭了三天三夜，痛陈自己投降的各种理由，就投降了秦昭襄王，东周灭亡。

秦昭襄王可怜赧王，把他降级为周公，安家到但狐聚（今河南省汝州市西北），赧王老迈，到新家不到一个月就羞愧而死——结合姬延同志尴尬的一生，以及在羞愧中死去，不难想出赧王这个谥号的意思。秦王把东周公贬为东周君，到了秦庄襄王时期，派丞相吕不韦灭了东周君，安家到阳人聚（今河南省汝州市西）。自此，周氏公司宣布正式破产。

周氏公司破产之后，吕不韦作为洛阳的地主，在洛阳住了十年，这十年期间， 没少给洛阳添砖增瓦，扩建并重新装修了周天子的成周城，修建了南宫，为接下来的汉魏都城的建立奠定了基础。

老秦人崇尚水德。自从老祖宗有了朴素的唯物主义思想之后，就发明了金木水火土五行来指代万事万物，五行相生相克，不断轮回，古人便把这五行作为五德，都以其中的一种作为自己的宗族或者国家兴旺的根本来崇拜，并且影响至深。比如：黄帝崇尚土德，土为黄色，故称“黄”帝；炎帝崇尚火德而称炎帝等等。周为火德，幸运色为火的红色；老秦人的幸运色为水的黑色，故此，秦人自商鞅变法实行郡县制后，把雒邑变成一个县的时候，就将“雒”改为水字边的“洛”，加上城在洛水之北，即称“洛阳”。

“洛阳”名称的最初由来，自此开始。